ORC HERO STORY
オーク英雄物語
忖度列伝
6

Characters

ORC HERO STORY

デーモンの女

デーモン国の遺跡の奥でバッシュが保護した少女。ドラゴン討伐に向かったデーモン族の生き残りのようだが……。

Demon
wor

「ドラゴン、は?」

「ゲディグズ様が蘇ったら、
忙しくなるし……」

oplartica

ポプラティカ

デーモンの将『暗黒将軍』シーケンスの娘で、熟練魔導士。キャロットらと共に、ゲディグズ復活のため各地で暗躍している。

「女？」

「たすけて。ころさないで」

「お帰り、お姫様。
ずいぶん遅かったね」

「バッシュ様に会ったのぉ⁉
よく生きていたわねぇ⁉」

ORC HERO STORY 6

CONTENTS

第六章　デーモンの国　ギジェ要塞編

オーク英雄物語6
忖度列伝

理不尽な孫の手

ファンタジア文庫

3426

口絵・本文イラスト　朝凪

忖度（そんたく）：他人の心情を推《お》し量ること、また、推し量って相手に配慮《はいりょ》すること。

（出典：フリー百科事典『ウィキペディア（Wikipedia）』）

ORC HERO
STORY

オーク英雄物語

忖度列伝

6

ORC HERO

デーモンの国

Demon country

第六章

STORY

Episode
Gije fortress

ギジェ要塞編

1. レス雪原

デーモンの国。

そこはアルガーディア渓谷を抜け、さらに二つほど山を越えた先にある。

サキュバスの国を出立したバッシュたちは、洪水の収まったアルガーディア渓谷を登攀《とはん》し、この国へと侵入した。密入国ではあるが、国境には書置きを残したから大丈夫だろうという判断だ。

そんなバッシュたちの目の前には、雪原が広がっていた。

人はそこを、レス雪原と呼ぶ。

レス雪原は、かつて誰も住んでいない土地であった。一年の大半が雪で覆われており、草木の生えぬ不毛の大地であるからだ。

しかしデーモン王ゲディグズが即位して間もなく、デーモンはそこに拠点を造った。

デーモン王ゲディグズが何を思い、そこに目を付けたのかはわからない。

なにせ戦略的に見て、あまり意味のある拠点ではなかったからだ。

ヒューマンもエルフも、直属の配下であるデーモン族ですらも、その拠点の意味を知らなかった。

何の役にも立たない拠点、それがこのレス雪原に造られた拠点であった。

そんな拠点が役立ったのは、ゲディグズが崩御した後だ。

ゲディグズが崩御した後のデーモンは、四種族同盟からの苛烈な攻撃を受け、戦線は後退し続け、やがて首都すらも陥落。慣れ親しんだ土地を追いだされ、この地へと逃げ込んだのだ。

そこで初めて、ゲディグズの建てた拠点が役に立った。

追撃が止《や》んだのだ。

渓谷と山に阻《はば》まれた拠点は、意外にも守りに強く、また戦略的に価値が無いということで、四種族同盟が積極的に攻める理由がなかったのだ。

四種族同盟の首脳陣は、攻めに適した地形でもなし、アルガーディア渓谷に唯一かかる橋に軍を置いて備えておけば何もできまいと判断したのだ。

そして実際、デーモンは何もできなかった。彼らに戦線を押し戻す力は残されていなかったのだ。

デーモンと四種族同盟がアルガーディア渓谷とレス雪原を挟んでにらみ合っているうちに、戦争は終わった。

そして、デーモンはそのまま、雪原へと閉じ込められることとなった。

多少の外交をするために、許可を得た上位種が条件付きでわずかに出入りできるだけで、他のデーモンはこの地から外に出ることを禁じられた。

出入り口となる場所は、アルガーディア渓谷にかかる一本の橋のみ。

そこには四種族同盟によって砦《とりで》が建設され、精鋭によって警備が敷かれ、出入国したい場合には厳しい審査が行われる。

それほど徹底して、デーモンは隔離された。サキュバスと同等か、それ以上に。

現在、デーモンの下を訪れる者は一部の例外を除いてほとんどいない。

バッシュとゼル、歴戦の戦士《ウォーリア》である二人は、その例外であった。

■

「いやー、何にもない！　その上、めっちゃ寒いっすねぇ！」

「そうか？」

「空飛ぶ花弁と呼ばれるフェアリーにとって、この寒さは身体《からだ》に毒っすよ！　花は寒さに弱いんす！　花はあたたかな日差しとポカポカの大地でのみ花開くんす！　そして時がきたら風にのってフワフワと空へと旅立っていくんす！」

そう言うゼルは、珍しくチョロチョロと飛び回っていなかった。

道中で狩った獣の毛皮を身にまとい、バッシュの肩の上でガタガタと震えていた。

それどころかバッシュの首に巻き付き、その体温を余すことなく奪おうと画策している。

「うひー、旦那の首筋、温かいっす〜……」

もしこの情けない姿をフェアリー族の名高き戦士ゼルが見たとしたら、「フェアリーの風上にも置けない」、「遺憾である」、「自覚を持ってほしい」、「地元の恥」という罵声を浴びせただろう。

しかし、そんなゼルとて、この土地に来ればこうして毛皮に包《くる》まるより他に無かった。

あるいは偉大なる戦士ゼルであれば、それを否定しただろう。自分は違う、フェアリーとして毅然《きぜん》とした姿を見せてやる、と。

だが、皮肉なことに、それをゼル自身が証明してしまった形だ。

あのゼルとて寒さにはかなわないのだ、と。

「そうか」

バッシュはというと、オークという種族柄、寒暖に強いというのもあり、ケロッとしていた。

流石《さすが》に寒さは感じているため、毛皮をまとってはいるが。フェアリーを花とするなら、オークは敷き詰められたタイルの隙間から生えてくる雑草だろう。

「しっかし、全然見当たらないっすね。デーモンの町！　オレっちもこのあたりに来たのははじめてっすけど、そろそろ人の痕跡の一つや二つ、見つかってもいいと思うんすよね！　おっかしいなぁ！　オレっちが人の足跡一つ見つけられないなんて無いはずなのになぁ！　もしかして、デーモンはとっくの昔に滅んでたりしないっすよね!?」

「それはあるまい。奴《やつ》らはしぶとい」

ここ数日、二人はデーモンの町を探して彷徨《さまよ》っていたが、町の影はもちろん、人の気配すら感じられなかった。

それどころか、このだだっ広い雪原では、生物の姿すらほとんど見かけることが無い。

夜間に鹿や狐《きつね》、それに真っ白い熊を見る程度だ。

しかもなぜか、昼間はやたらと数が少ない。

夜行性の生物が多いのは間違いないが、夜に見かける生物も、どうにも様子がおかしいのだ。視界があまり利かないのか、妙に動きが鈍い。

まるで本当は昼に活動する生物なのに、夜に無理やり起きているかのようだ。

「……っ！」

そんな、違和感を抱いていたからだろう。

異変を察知した瞬間に動けたのは。

「わぶっ」

バッシュが唐突に雪に頭から突っ込み、ゼルの口に雪がイン。

バッシュは雪に潜り込み、かき分け、己の身を完全に隠してから指で穴を作り、片目だけで外の様子を窺《うかが》い始める。

「……うわっ、雪が！　冷たぁ！　ななな、なんすかいきなり？」

「黙れ、見ろ」

切羽詰まったその言葉に、ゼルは素直に口を閉じて、バッシュの開けた穴にずぼっと突っ込んで首だけ出し、外を窺う。

「うっ……」

ゼルは一瞬で首を引っ込めた。

それは、空にいた。

悠々と、散歩でもするかのように空を泳いでいた。

ゼルがいつものように飛んでいれば、きっともっと早くに気づけただろう。

遠くからでも目立つ、太陽を浴びてキラキラと光る赤い鱗《うろこ》、聞こえてきそうな巨大な翼の音……。

己の存在の一切を隠すことなく、あまつさえ威容を見せつけるようなその姿は、それに天敵がいないことを示していた。

「ド、ド、ドラゴン……」

ヴァストニア大陸最強の生物が、そこにいた。

「……」

さしものゼルも、ドラゴンを見ては、やかましい口を閉じざるを得なかった。

本能的な恐怖が身を支配していた。

バッシュもまたそうである。

雪に埋もれながら空を見上げ、奥歯を噛《か》み締《し》め、剣の柄を握りしめていた。

「……行ったか」

やがてドラゴンの姿が見えなくなると、バッシュは雪の中から這《は》い出《で》てきた。

二度、三度と空を見渡し、ふぅと息をつく。

「ここらってドラゴンの生息域なんすね……」

「そのようだな」

「ひえ～……見てほしいっす、震えが止まらないっすよ……」

ゼルはドラゴンを見た時から止まらない寒気で身を震わせていた。

もしかすると寒さが原因なのかもしれないが、まぁ流石にドラゴンのせいだろう。

「ああ……」

対するバッシュはというと、ドラゴンの方を警戒はしていたものの、いつもと変わらぬ様子だった。

「やっぱドラゴン殺しの旦那！　ドラゴンなんか怖くないってことっすか？」

「そんなことはない。恐怖はある」

「そんなこと言いつつも、倒したことあるくせに！　過ぎた謙遜は身体に毒っすよ！　ほら、言って欲しいっす！　オレはドラゴンなんざ怖くねぇ、むしろドラゴンの方がオレを見たら震え上がってしょんべんちびるだろうよ！　って！　オレっちを安心させて欲しいっす！」

「言ってやってもいいが、ドラゴンから見れば俺など芋虫も同然だ。震えまい」

バッシュは嘘《うそ》や冗談を言ったつもりはない。

勇敢な戦士とて、恐怖を持つことはある。

それを否定するほど、バッシュは子供ではなかった。

戦うとなれば、震える身体に活を入れ、ウォークライと共に突撃していくが、それはドラゴンを甘くみているという意味ではない。

たしかに、バッシュは一度、ドラゴンを倒したことがあるが、それでも、かの生物が、この大陸全ての生物の頂点に立つ存在だという事実は変わらない。

その事実は、たかだか一匹と戦って勝ったからといって変わるものではないからだ。

ドラゴンが一瞬にして数百のオークを消し炭にできる事実に、変化が無いようにだ。

無論、バッシュは必要とあらば戦うし、勝ってみせる。

その覚悟が決まっているというだけで、怖いものは怖いのだ。

「今でも、戦ったら勝てるっすか？」

「勝てんだろうな。この何もない雪原では、飛び回るヤツに対して打つ手が無い。お前に奴を引きずり下ろす手段があれば別だがな」

「さしものオレっちにも無いっすね！　とはいえ、そういうことなら見つからないようにしないといけないっすね」

無防備に雪原を歩くのはリスクが大きすぎた。ドラゴンは目がいいのだ。

ここ数日は運よく見つからなかったが、もし発見されていたら、今頃消し炭にされていただろう。

「昼間に生き物がいないわけだな」

「昼はドラゴンの王国だったってワケっすか……」

「ならば夜を待つか」

「そうっすね。ヘタに移動して見つかってもコトっすから！」

ゼルはバッシュに巻き付いたまま、こくこくとうなずいた。

バッシュもゼルも、夜間の隠密《おんみつ》行動はさほど得意ではない。とはいえ、苦手であってもやらなければならないのが世の常である。大体、昼ならもっと危険があるのだから、気にする必要もない。

「とりあえず、さっさと町を見つけたいっすけど……これだけ探しても見つからないなら、先にどっか魔獣の巣でも見つけたいっすね。ここらの魔獣なら、ドラゴンから身を隠すのに適した場所に巣を作ってそうっすから、そこを拠点にして偵察に回りたい所っす」

「腰を据えるわけか」

バッシュはドラゴンが去っていった方向に気を配りつつ、身体の周りの雪を押し広げて雪洞を作り、あぐらをかいて座った。

そして、目を閉じる。

夜に行動するのなら、しばらくは暇だ。

バッシュは何日も休まず行動することができるが、休める時には休む男だった。

「む……？」

だが、そんなバッシュの耳に、聞き慣れた音が届いた。

大勢の人間が戦う時の音。

鬨《とき》の声《こえ》。

やや遅れて、過去に一度だけ聞いた音も届いた。

全身が震えるような大音声《だいおんじょう》。ドラゴンの鳴き声。ブレスが大地を爆《は》ぜさせる轟音《ごうおん》。

戦いの音だ。

■

バッシュが現場に到着した時、すでに戦いには決着がついていた。

状況を一言で言い表すなら、死屍《しし》累々。

十名程度の死体が転がっていた。

半分は炭化しており、もう半分は四肢がバラバラになっていた。

ドラゴンの姿は遠い空にあり、その口には何かが咥《くわ》えられているのがわかった。

人だ。生きている。ドラゴンの牙に身体を貫かれながらも、手をバタバタと動かしていた。

だが、今がどうであれ、運命はすでに決まっている。

空中で噛みちぎられるか、巣に持ち帰って食われるか……どちらかだろう。

バッシュはドラゴンが視界から消えるのを待ってから、慎重に死体の方へと近づいていった。

全てが炭になっていた。

雪に覆われていたはずの地面が露出し、真っ黒に焦げ、ちろちろと火が残っている。

死体はそんな焦げた地面と同化していた。

「たったこれだけの人数で、ドラゴンと戦ったのか……？」

バッシュはそう呟《つぶや》きつつ、死体の数を数える。

バラバラの死体も多いが、手足の数で見ても、十名に満たない。

ここではないどこかで戦い始めたのだとしても、せいぜい二十に達しない程度だろう。

どうあがいても、ドラゴンに勝てる戦力とは思えなかった。

頭のいいデーモンが、少人数でドラゴンと戦うなどという愚を犯すだろうか。

移動中に偶然襲われたと考えてもいいが、この地で暮らしている者が、ドラゴンの縄張りで迂闊《うかつ》に外を出歩くとは考えにくい。

それだけ安全な場所なら、とっくの昔にバッシュたちはデーモンの一人や二人と遭遇しているはずだからだ。

「旦那、足跡は山の方からきてるっす」

ゼルの言葉でそちらを見やれば、確かに雪にくっきりと、彼らが移動してきたであろう痕跡が残っていた。

山の方へと続いている足跡。

となれば、元々はもっと大人数でドラゴンと戦い、勝てずに撤退した結果、追撃を受けた……と考える方が自然だろう。

「あっ！　旦那、一人だけ息があるっすよ！」

と、周囲を飛び回っていたゼルがそんなことを言い出した。

バッシュがそちらに向かうと、確かに一人、全身を炭化させつつも、ヒューヒューと息をしている奴《やつ》がいた。

目は開いているが、眼球は焼け焦げて無く、意識もあるのかないのかわからない。

種族どころか、男女の区別もつかないが、ドラゴンのブレスで即死しないのであれば、よほど魔法耐性が高いのだろう。となれば、デーモンか、あるいはエルフだ。ここまできてエルフはあるまい。高位のデーモンであろう。

何にせよ、バッシュはゼルを見上げて言った。

「助けてやれ」

「了解っす！」

ゼルの粉が撒《ま》き散《ち》らされる。

雪よりも白く、しかし時折金色が交じる、けっこうヤバイ値段で取引される粉が、かなりの量をこぼしながら。

とはいえ、かなりの重傷だ。いかにフェアリーの粉といえど、即座に完治するということはなく、表面の炭がボロボロと落ちた程度。

相変わらず、全身は炭化している。

しかし、その奥では、間違いなく新しい皮膚が誕生していることだろう。

「助かるか？」

「わかんないっすね。デーモンならまぁ、生命力も強いし、なんとか生き残るんじゃないっすか」

生きていれば、火傷《やけど》もいずれ消えて、一週間もすれば肌が元通りになるだろう。

だが、皮膚が再生しきる前に息を引き取る、というパターンもありうる。

フェアリーの粉は死体を再生させることは無い。

でもその時は、運が悪かったと思うだけだ。

そういう事は、よくあるのだから。

「他は死んでるっすね～」

「そうか。なら、ドラゴンが戻ってくる前に隠れるとしよう」

ドラゴンが戻ってくる気配は無い。

敵を討ち滅ぼし、腹も満たされたのなら、戻ってくる道理もない。

しかし、何を考えているのかわからない生物に道理を説いても意味はあるまい。

さっさと逃げておくのが正解だ。

「あっ、旦那！　あっちに岩場があるっす！　あそこなら身を隠せる場所も見つかりやすいかも！」

「よし！」

こうして、バッシュたちは瀕死《ひんし》の誰かを担《かつ》ぎ、岩場へと移動したのだった。

■

バッシュたちはドラゴンから身を隠せる岩場を見つけ、そこにある洞窟に住み着いていた一匹の魔獣を殺し、そこで夜を待った。

分厚い氷柱の下がる入り口は地上からはよく見えるが、空からは見えにくいはずだ。

なにせこの穴は魔獣の住処《すみか》だ。

オークやフェアリーと同様、魔獣も等しくドラゴンを恐れている。

このあたりに生息している魔獣なら、なおさらだろう。

なら、この穴はドラゴンに見つかることは無い。

日が落ちるのを待ち、バッシュとゼルは穴の中から這《は》い出《で》て、周囲の偵察を始めた。

バッシュの背中には、先程助けた人物がくくりつけられている。

周囲は思いの外、明るかった。

空では巨大な満月が存在感を主張しており、その光が雪に反射し、足元をうっすらと光らせていた。

オークは夜目が利く種族ではないが、洞窟の暗さで目は慣れていた。

加えて、近くに光源（フェアリー）もあったため、十分に周囲の様子が窺《うかが》えた。

それだけ明るければ、夜を待った意味が無いのではないかと思う所だが、ドラゴンは夜行性ではない。

なら、十分だ。

「随分と賑《にぎ》やかだな」

「そっすね。やっぱヤバイ生き物が生息してるとなると、こうなるんっすよ。ホラ、エルフのいる森って夜は静かじゃないっすか。あいつら夜に狩りに出たりするっすから」

「そうだな」

雪と氷に覆われた夜の岩場には、昼には見なかった生物が多く見受けられた。

羽毛の生えたトカゲや、全身を剛毛で包んだ四足獣、獣なのか虫なのかもわからない毛玉のような生物などが闊歩《かっぽ》していた。

名も知らぬその生物たちは、バッシュを見ると、一目散に逃げ出していった。

「じゃ、ちょっくら探してくるっす」

「ああ」

ゼルが飛び立ち、バッシュはその姿を見守った。

光り輝くフェアリーが夜に偵察を行うのは、かなりリスクの高い行動だが、バッシュもゼルもそんなことは気にしない。戦時中から幾度となく行ってきた行為だから。

ついでに言えば、ここでは昼に偵察を行う方が、リスクが高いと言える。

それともう一つ。

夜の方が何かが見つかるだろうという確信があった。

これはバッシュたちにとっては単なる勘だが、言い換えれば経験則に従った推論である。

ドラゴンが昼に飛ぶ。

バッシュは隠れる、ゼルも隠れる。魔獣も隠れる。

そして、夜に生きる魔獣たちが、バッシュたちを見て、逃げ隠れする。

それは、夜に魔獣たちを狩るハンターが存在することを示していた。

オークと似たような二足歩行の生物が、夜に彼らを狩っているのだ。

となれば……。

「旦那、あったっす！」

「でかした」

ゼルの言葉で、バッシュは移動を開始する。

岩場を抜け、丘を一つ越えた所から、それは見えた。

崖の際に造られた建築物は、一つの巨大な城のように見えた。そこには火が灯《とも》り、人の気配が感じられる。

町だ。

昼間見てもわからないよう、魔術的な細工の施された町が、確かにそこにあった。

「あれが『ギジェ要塞』か」

『不攻不落』のギジェ要塞。

戦争中、ただの一度も攻め込まれることが無かった要塞が、そこにあった。

2. ギジェ要塞

そこは謎の多い要塞である。

立地の戦略的な価値はほぼ無く、ゲディグズが即位してこの要塞の建築に着手した時、デーモンの幹部の何人かが反対し、粛清されたという噂《うわさ》もある。ゲディグズはその騒動のせいで、ほんの僅かな期間であるが、愚王と呼ばれていたのだ。

彼が要塞を造るのに、なぜそこまで固執したのか、未《いま》だに謎とされている。

この要塞の無意味さは、ギジェ要塞が戦時中になんと呼ばれていたのかで察することができよう。

『不攻不落』。

攻める必要が無いからこそ、落ちることもない。口さがなく『脆弱《ぜいじゃく》不落』と呼ぶ者もいる。

オークですら、小馬鹿にすることもあるような要塞だ。

（……思いの外、堅固な造りだな）

ゆえにバッシュも、もっと貧弱なものを想定していた。だが、中々どうして、他のデーモン要塞と比べても遜色のない造りである。

山肌に沿って造られた要塞で、三つに連なる防壁は高く、そして分厚く、入り口も目立たない。防壁は黒岩と黒鋼によって補強され、何かしらの魔法が施されているのか、薄らボンヤリと輝いている。

バッシュは魔法については詳しくないが、以前これと似たような防護魔法が掛けられている防壁は見たことがあった。

エルフの大規模な攻城魔法を無効化し、ドワーフの攻城兵器から打ち出される丸太のような破城槌《はじょうつい》をはじき返していた。

あの時に見た防壁は一部だけにその魔法が施されていたが、ギジェ要塞のそれは防壁全てにわたって施されているように見えた。バッシュが今まで見た要塞の中で、最も堅固な造りであると言ってもいいかもしれない。

「止まれ」

そんな要塞の入り口にいたのは、二人のデーモンだった。

茶褐色の肌をしたレッサーデーモン。

残念ながら男である。

検問。バッシュにとって国に入る際に必ず行われていたそれは、デーモンの国でも変わらないようだ。

「オーク、貴様がここに来るのはわかっていた。一人で何用だ？」

わかっていた、という言葉にバッシュは一瞬、疑問符を浮かべる。

だが、デーモンとはいつもこうだった。他の種族が何をするのか、どこにいこうとしているのか、知っていることを諳《そら》んじるかのように、相手をあざ笑うのだ。

一部のオークは、彼らには予知ができるものと、強く信じていた。

予知ができるなら戦争に負けるはずがないと、笑われてもいたが。

「兄者、フェアリーもいます。二人ですよ」

「愚か者。フェアリーを人として数えるなかれ。そう教わったろう」

「ハハハ。そういったことであれば、二匹ですか？」

「そうとも言うな」

二人の門番は、ニヤニヤと笑いながらバッシュとゼルを見ていた。

剣呑《けんのん》な雰囲気ではなかったが、そこはかとなく侮《あなど》られている気配があった。

「で、どうしたオークよ。滅びゆく我らの最後の楽園に何用か？」

「兄者、そんなことを聞くのは失礼というもの」

「なぜだ？」

「このような場所にオークが来る理由などそう多くはありますまい。大方、巣を追い出され、どこの国からも迫害された挙げ句、食うに困ってここにたどり着いたといった所でしょう」

「やれやれ、我らの国はゴミ捨て場ではないというのに」

「もはや掃きだめではありますがな！」

「ハハハハハ！」

バッシュは彼らの嘲笑を聞き流しながら、背負っていたものを地面におろした。

「だからゴミ捨て場ではないと言っているだろうに……で、なんだそれは？」

「途中で拾った。負傷者だ」

その言葉で、門番たちは一瞥《いちべつ》もくれなかったソレに視線を落とした。

暗くてよく見えなかったようだが、しかし人と思って見れば、人と理解できたらしい。

黒炭と化した人間だと。

「なっ、これは……生きているのか!?」

「生きている。道中の雪原でドラゴンに焼かれていた。他にも何人かいたが、生きていたのはこいつだけだった」

「まさか、討伐部隊の……馬鹿な、全滅したはずだ……」

門番の顔色が変わる。

先程の余裕ぶった表情が消え、切羽詰まった声が響き渡る。

「完全に炭になっている。これでは身元もわからん！　担架だ！　医療師に連絡も！　急げ！」

「はい！　兄者！」

門番の片方が、その言葉でどこかへと駆けていく。

「フェアリーの粉を掛けた。そう急がずとも死にはしない」

バッシュがそう言うと、残りの門番は、ハッとした顔でバッシュとゼルを見た。

確かに、フェアリーの粉であれば、この状態からでも死なない可能性があった。

フェアリーの粉とは、それほどまでに強力な回復薬なのだ。

「……こほん、どうやら同胞を助けてくれたようだな。感謝する。先程の無礼も謝罪しようじゃないか。よくぞ、我がデーモンの勇士を助けてくれた。褒美《ほうび》を取らせてやりたいが、あいにくと今は持ち合わせがなくてな」

言葉は先ほどとそこまで変化はないが、その声音からは先ほどあった、あからさまな侮蔑が抜けていた。デーモンという種族は、感謝すべき時にはできる種族なのだ。

「そちらのフェアリーも、感謝する。よくぞ同胞にその貴重な粉を掛けてくれた」

その言葉に、ゼルはマフラー状態からスルリと抜け出て、バッシュの肩の上に立った。

「ま、当たり前っすよ！　オレっちらは見ての通り、数多《あまた》の戦場を駆け抜けてきた歴戦の戦士《ウォーリア》っすからね。負傷兵を見たら安全な所まで搬送するなんて、朝飯を食ってからクソをするまでの間にやっちゃうレベルっす！　フェアリーはクソなんてしないんでかなり猶予あるっすけどね！　もっと誠意ある態度を取ってもらってもいいぐらいっす！　大体、こちらにおわすお方をどなたと心得てるんすか！　恐れ多くもフェックション！　さっぶ……」

ゼルは話の途中で大きなくしゃみをして、身体を震わせながらバッシュのマフラーへと戻っていった。言葉は途中までだったが、門番は渋い顔をした。

デーモンにもあるのだ。フェアリーに関する格言が山程。

有名なのは『フェアリーの言葉に耳を貸せば、まず耳が軽くなり、次に口が軽くなり、やがて頭そのものが軽くなって飛んでいってしまう』だ。

要するにフェアリーの戯言《たわごと》に耳を貸し続けていると、いずれ死ぬという意味だ。

だから門番は、バッシュの方を向いた。

「失礼した。オークよ。ならば、もう一度尋ねようではないか。どこの何者だ？　何の目的でここにきた？　報告では橋の方からきたわけではないそうだが……？」

「『オーク英雄』バッシュだ。ここにはあるものを探しにきた」

バッシュはそう言いつつも、期待はしていなかった。

なにせ相手はデーモンだ。

茶褐色の肌をしているので、門番は下位種であるレッサーデーモンであろうが、下位デーモンとてオークより上の種族であるということは変わらない。

デーモンがオークの名を聞いた所で、鼻で笑われるのがオチだろうと。

「『オーク英雄』？　あの、『竜断頭』の？」

だが、思ったより門番の反応は顕著だった。

「ふざけるな、馬鹿なオークめ！　この私を騙《だま》せると思ったか？　『オーク英雄』は貴様らにとっては大事な称号であろうが！　いかに憧れているとはいえ、英雄を詐称すれば、最後に残った僅かな誇りにすら傷がつくぞ？」

「嘘《うそ》ではない。オークキングに誓おう」

その言葉に、デーモンは目を見開き、バッシュをまじまじと見た。

「本物か……！」

デーモンたちは、バッシュの顔はわからずとも、オークキングへの誓いの重さを知っていた。

その言葉を発することができるのは、オークでも限られた者だけであると。

オークが軽々しく吐《つ》いていい嘘ではない。

『オーク英雄』の詐称が軽々しく吐いていい嘘かというとそんなこともないのだが、少なくともそっちは願望の類《たぐい》だからまだ許される。

「ならば……その探し物というのは？」

「それは言えん……だが、ヒューマンの王子ナザールより、『暗黒将軍』シーケンスへの書状を預かっている」

その言葉に、門番の身体《からだ》に緊張が走った。

ヒューマンの王子ナザールの名は、ここまで轟《とどろ》いている。

デーモン王ゲディグズを打倒せし、ヒューマンの王子。その武勇は、その後のデーモンとヒューマンの戦いの最前線においても発揮された。数多の戦場でデーモンを殺し続け、勝利を呼び続けたその王子は、デーモンにとって恐怖の象徴ともいえる存在であった。

無論デーモンはヒューマン相手に恐怖などしないのだが。

ともあれ、それゆえに少し警戒の色を見せたが、すぐにその色は消える。

なぜなら、戦争を終わらせ、講和を提案したのも、かの王子であったからだ。

「……わかった。ならば感謝するがいい。この私が、直々に『暗黒将軍』シーケンス様の所に案内してやろうじゃないか」

「うむ。感謝しよう」

こうしてバッシュたちはデーモンの案内に従い、夜の町へと入っていくのだった。

■

デーモンの要塞は、籠城《ろうじょう》に向いた造りになっている。

どの要塞であっても、要塞内部で長期間生き延びられるように造られている。

短期決戦をモットーとするオーガの要塞や、羽があるため防備をあまり考えないサキュバスやハーピーのそれと違い、防衛戦に特化しているのだ。

似たような要塞を造るヒューマンあたりに言わせれば、要塞なんだから当たり前だと言うだろうが……とにかく七種族連合の造る要塞には種族毎《ごと》の特色があり、デーモンのそれは防御に顕著だということだ。

「オレっちも噂《うわさ》には聞いてたっすけど、別に普通の要塞っすよね。ゲディグズ様はなんでこんな所に造ったんすかね？　もしかして、戦争が終わったらここをデーモンの首都にするつもりだったんすかね⁉」

「さぁな。だが家がある。住むつもりはあったのかもしれんな」

ギジェ要塞の内側は、石造りの家屋が並んでいる。

もちろん、デーモンの要塞においては普通のことだ。

建築物を階段状に並べ、建築物の間を極端に狭くする。そこにバリケードを作れば、簡易的な迷路となり、敵の進攻を遅らせることも容易となるのだ。

建築物は敵の進攻を妨げる障害物となりうるが、ただ壁を作るより、普段は家屋として利用する方が、無駄がない。

ゆえにデーモンの要塞は、それが一つの町と言えるものだった。

バッシュも何度かデーモンの要塞を訪れたことがあるが、無骨な要塞の中とは思えないほど先進的で、煌《きら》びやかで、活気にあふれていたのを覚えている。

だが、このギジェ要塞は、お世辞にも煌びやかとも、活気にあふれているとも言い難《がた》かった。日が落ちた家屋は、ポツポツと光が灯《とも》っているものの全体的に暗く、静かだった。

その中からは人の気配がするものの、外を出歩く者はほとんどいない。

たまにすれ違う者も、顔を隠すようにフードを目深《まぶか》に被《かぶ》って歩いていた。

暗く、淀《よど》んだ空気の流れる町。

サキュバスの国と違い、切羽詰まっているわけではない。

ただ何か、ヘドロのごとき淀みと、ため息交じりの諦念が感じられた。

「む」

ふと、バッシュたちの横を、一人の女が通り過ぎていった。

側頭部に角がある青い肌の、女。目つきは鋭く、身のこなしも悪くない。

防寒具の上からでも、はっきりと豊満とわかる身体つき。特筆すべきは、デーモン女特有の、なんとも言えぬ芳《かぐわ》しい香りだ。デーモンにとっては特筆することもない香水だが、オークたちにとっては高嶺《たかね》の花の香りである。

「……ふん」

彼女はバッシュを一瞥すると、ふいっと視線をそらし、そのまますれ違った。

バッシュは立ち止まり、彼女の方を振り返った。

女はバッシュの視線を感じてか振り返ったが、すぐに顔をぷいっとそらし、歩み去っていった。

「何も、言われないっすね」

「ああ」

意外なことだった。

もし戦争中であれば、今のようにデーモン女とすれ違えば、「薄汚いオークごときが、私に近づくんじゃない！」と怒られたことだろう。あるいは「なぜ貴様のような下等な種族がこんな所にいる？　誰が私を見て良いと言った？」と嫌味を言われたかもしれない。

機嫌が悪ければ、魔法で吹き飛ばされただろう。

あるいはゼルあたりは、金切り声を上げながら四肢を引き裂かれたかもしれない。

デーモンの中にはフェアリーを害虫のように扱う者もいるのだ。

デーモンというのは、そういう種族だ。

高潔にして傲慢。高貴にして尊大。己が下等と信じる種族を見れば、罵倒せずにはいられない。そういうものなのだ。

それが、何も言わずに去っていく。

あるいは呼び止めれば、立ち止まって振り向いてくれるかもしれない。返ってくる声は、きっと厳しいものだろうが。

「これは、ナザールの言った通りかもしれんな」

「期待がもてるっすね！」

ナザールは言った。

『オーク英雄』なら、高位デーモンでも話を聞いてくれる、と。

半信半疑であったが、こうして実際にデーモン女が罵倒もせずに通り過ぎる様を見ると、信じられる気がしてくる。

もちろん、罵倒をしなかっただけで、笑顔の一つも見せられたわけでもないが。

「どうかしたか？」

「いや、何も言われんと思ってな」

「……デーモンはそれほど傲慢ではない。自分たちの状況は理解している」

門番は不機嫌そうにそう言って、歩き出した。

バッシュはそれを「デーモンと言えど『オーク英雄』に失礼はしない」という意味だと捉え、ナザールに感謝した。

確かにナザールの言う通りだった。これならば、あるいはデーモン女を嫁にできる可能性もあるかもしれない。

可能性はわずかかもしれないが、ゼロではない。勝ち目がゼロではないなら戦うべきだ。なぜならバッシュは、誇り高きオークの戦士なのだから。

「戦争に負けるわけだな」

やはり恐るべきはヒューマン。彼らの状況を見極める能力には、舌を巻くばかりだ。

そんな気持ちの籠った一言であった。

「何……？」

バッシュの言葉に、門番はギリと奥歯を鳴らし、バッシュを睨《にら》んできた。

「貴様、いま我らデーモンを愚弄したか？」

「していないが」

「そうっすよ！　旦那がデーモンを馬鹿にするはずがないじゃないっすか！　あんたがどんだけ皮肉と自虐を込めて自分たちを見ていたとしても、オークであるバッシュの旦那にそんな遠まわしの言葉が通じるか！　いやない！　通じない！　オレっちらフェアリーならともかく、オークが誰かを馬鹿にするとなったら、わざわざ聞き返さないといけないほど迂遠《うえん》な言い方はしないっす！　もっとストレートに言うっすよ！　馬鹿だなぁって！　それぐらい知ってるでしょう⁉　まして目の前にいるのはオークの中のオーク、『オーク英雄』バッシュっすよ⁉」

「……おう」

ゼルのマシンガントークに、門番の気勢がそがれていく。

こうなった妖精に反論するのは愚かなことだと、門番もよく知っていた。

ゆえにバッシュの方を向き、本題だけを発することにした。

「ではなぜ、戦争に負けて当然などという意味の言葉を発した？」

「デーモンの女が、ナザールが言った通りの様子をしていたからだ」

門番は振り返るが、すでに女の姿はない。

様子についても思い出せなかった。女がどんな顔をしていたのか、想像すらつかない。デーモンは普段から居丈高であるがゆえ、様子が違うと言われても、いつもと何が違ったのかわからないのだ。ただ一つだけ言えるのは、ナザールがデーモン女の様子を予想したとしても、なんらおかしくはないという事か。

デーモンの中では、ナザールという名前はバッシュが思っているより大きかった。

「……いくぞ」

門番は結局は何も言い返せず、そっぽを向いて先に進んだ。

心なしか、その足取りは先程よりも速かった。まるでバッシュに、デーモンの国の現状を見せたくないように。今の自分たちが、恥ずべきものであるかのように……。

3. 暗黒将軍

『暗黒将軍』シーケンスは、ギジェ要塞の最奥《さいおう》にある作戦会議室で項垂《うなだ》れていた。

「……」

目を閉じ、肘置きに手を置き、眠るように考えるのは、自分の今までの人生と、死んでいった仲間たちと、そしてデーモン族の行く末についてだ。

シーケンスは年寄りだ。

エルフと同程度に長生きするデーモンの中でも、特に年寄りだ。

具体的に言えば、サンダーソニアの次ぐらいに長生きしている。

その一生は戦いに彩《いろど》られていた。

何も知らぬ若造の頃に始まり、『知将』シーケンスの時を経て、デーモン王ゲディグズの即位を見届け、数多《あまた》の戦場で功績を上げて『暗黒将軍』の名を戴《いただ》き、レミアム高地の敗戦で撤退戦の指揮を執り、その後の戦に負け続けてなお、死なずに戦い続けている。

もう歳《とし》だ、もう無理だ、そろそろ後進に席を譲れ、そう言われ続け、何年たっただろうか。

シーケンスは前線に立ち続け、生き続けた。

仲間たちは次々と死んでいった。

妻も大勢いたが、全員死んだ。

娘も大勢いたが、残ったのは一人だけだ。

戦後には三人残っていたが、一人は戦後の混乱で死に、一人は出奔し、もう一人はつい昨日、死んだ可能性が高いと知らせが入ってきた。

残った一人も、連絡がないだけで死んでいてもおかしくはない。

家族はもういない。

それどころかシーケンスには、もう力も時間も残されていなかった。

わずかに残った頭脳を、この作戦会議室で使うだけだ。

数日に一度ある会合で、解決策の見えないデーモンの未来について、知恵を絞るだけなのだ。

(皮肉だな)

と、シーケンスは思う。

ゲディグズがここに要塞を建設すると言った時、最も反対したのがシーケンスであった。

こんな場所に要塞を建ててどうする。限りある資源を無駄にするな、と。

当時、ゲディグズに反対したことは後悔しておらず、自分の言葉は何一つ間違っていないと思っているが、ここに要塞がなければ、デーモン族の生き残りは逃げ場を失い、全滅していただろう。

そう、敗戦の折にこの要塞に逃げ込むと決めたのもまた、シーケンスであった。

ここならば追撃は無く、あったとしても対処できる、と。

ゲディグズはこれを想定してこの要塞を建てたわけではない。そんなことは、シーケンスも知っている。

だからこそ思うのだ、実に皮肉だ、と。

不要であるとひたすら言い続けた自分が、デーモンの誰よりもこの要塞を頼ることになったのだから。

そんな中、シーケンスは今日も、デーモンの明日について考えるのだ。

戦争が終わり、三年。いや、もう四年になるか。

デーモンは、四年もの間、この土地に閉じ込められている。

雪原は想像より動物がいるため、国民が食うには困らない。

決して豊富というわけではなく、餓死を免《まぬが》れているという程度だが、少なくとも餓死者はほとんどいない。生きていくだけなら、ここでもなんとかなったろう。

……奴《やつ》がいなければ。

天空の覇者。

大陸最強の生物。

ドラゴン。


ここら一帯は、奴の縄張りだった。

ゆえにデーモンは、昼間はロクに外にも出られず、明かりも灯さず、結界を張って要塞に籠り、夜になると鼠《ねずみ》のように這《は》い出《だ》し、生きるための糧《かて》を探すのだ。

気高きデーモンが、鼠のように……。

国民も、最初こそは多少気楽であった。

「この程度で我々を封殺したつもりか」

「生き残りを全員奴隷にしないどころか、土地まで与えるとは浅はかなことよ」

「根絶やしにしなかったことを後悔させてやろう」

「愚かなヒューマンよ。勝利を目の前に、油断したな」

そんな風に、勝者を見下す者すらいたほどだ。

なんなら、シーケンスもまた、その内の一人であったと言えよう。

ヒューマンを見下していたわけではないが、ここから立て直すことは十分に可能だろうと考えていた。

デーモンの身体《からだ》は頑強で寒さに強く、数日は食わずとも平気で、魔法技術は全種族中トップクラス。

優れた種族であるデーモンは、この死地である雪原においても、十分に生活していくことができた。土地を耕し、家畜を育て、十数年ほど戦力増強に努めれば、この雪原をデーモンで埋め尽くすことも可能だろうと思っていた。

たとえドラゴンがいたとしても、だ。

ドラゴンは確かに最強の生物だ。生半可に勝てる相手ではない。

それはこのヴァストニア大陸の生物全ての共通認識と言えるものだ。

だが、レミアム高地では確かに一匹のドラゴンを倒している。

レミアム高地のドラゴンが出現した時は、その威容と圧倒的な火力に恐れおののいた。

誰もが「どうするんだ、あんなの」と呆然《ぼうぜん》と空を見上げたものだ。

だが、倒してしまえば大したことのない相手だったと言える。

想定よりも弱かった、という手応えすらあった。

なにせ地表に引きずり下ろした後、とどめを刺したのは一人のオークの戦士《ウォーリア》だ。

オークはデーモンに遥《はる》かに劣る種族だ。

オークにできて、我々にできぬはずがない。

レミアム高地の戦いより戦力が整ってはいないがゆえ、犠牲も出るだろうが、必ずや討伐し、この雪原は我らの手に入る。

それはデーモンたちにとって決定事項と言えるものだった。

その考えが思い上がりだと知ったのは、最初の討伐隊を組織し、ドラゴンに戦闘を仕掛けた後だ。

一度の戦闘で、討伐隊は全滅した。

指揮官は、シーケンスの娘の一人、リメンディアだった。

その上、ドラゴンは思いもよらない行動に出た。

ギジェ要塞に飛来し、報復を行ったのだ。

地獄だった。

ドラゴンのファイアブレスはデーモンの魔法障壁をあっさりと突き破り、屈強なデーモンを一瞬で消し炭に変えた。

デーモンの使う魔法はドラゴンにほとんど当たらず、当たったとしても鱗《うろこ》に弾《はじ》かれた。

不幸中の幸いだったのは、ギジェ要塞が堅牢《けんろう》だったことか。

崖に造られた立地ゆえ、ドラゴンは地表に舞い降りることができず、要塞中に張り巡らされた結界により、ファイアブレスが要塞の全てを焼き尽くすには至らなかった。

だが、だからこそというべきか、ドラゴンは満足しなかった。

ドラゴンは数日に一度はギジェ要塞に飛来し、空中からブレスを見舞うようになったのだ。

デーモンたちはギジェ要塞の周囲に隠遁《いんとん》の結界を張り巡らせた。ドラゴンからは視認できなくする結界だ。

それでもドラゴンはやってきた。

見えなくとも場所は憶《おぼ》えているのだろう、やたらめったらにブレスを吹き付けてきた。

見えなくてそれだ。

要塞の外を出歩いているのが見つかろうものなら、当然のように舞い降りてきて食われた。

ゆえにデーモンたちは、日中は要塞外に出ることが叶《かな》わなくなった。

それどころか、恐怖から、要塞内であっても、目立たぬようにフードを被り、余計な声を上げぬよう静かにする者が増えた。

ドラゴンは夜行性でないためか、夜に襲ってくることはなかったが、デーモンたちに恐怖を植え付けるには十分だったのだ。

一連の攻防でデーモンたちは心を折られたのだ。

ドラゴンには、勝てない、と。

(どうすればいい……)

シーケンスは、毎日悩んでいる。

どうすれば、この状態からデーモンは日の目を見ることができるのか。

毎日悩んでいるが、答えは出ない。

せめてドラゴンがいなくなればとは、誰もが思っているが、有効な手が浮かぶことは無い。デーモンたちの大半は、すでに諦めている。自分たちはこの雪と氷に閉じ込められたまま、死に絶えるのだ。

わからない。

シーケンスはデーモン随一の知将と言われ、あらゆる戦場で答えを見つけ出してきた。

その結果『暗黒将軍』などという称号まで戴いたシーケンスでも、わからない。

どうすればいいのか。ただ悩むことしかできない。

今日も一日、椅子に座ったまま、身体を霜で覆われてもなお微動だにせず、無為に……。

「失礼します。閣下、お客人をお連れしました」

しかし、その日は、どうやら違うようであった。

兵士が一人、作戦会議室の入り口に立っている。

気配に憶えがある。最近になって兵になった若造だ。

「客だと？　誰だ？　会議までは誰も来るなと言っておいたはずだ」

「はっ、しかし国外からですので」

国外と聞いて、シーケンスはようやく目を一つ開けた。

そのまま流し目で入り口の兵士を見る。

そして、その隣に立つ者を見て、全ての目を見開いた。

「お前は……！」

左右側面に四つある目と、前方に並ぶ四つの目。

八つ全ての目を見開いて、その男を見た。

オークだ。

ただのグリーンオーク。

どこにでもいる。戦場で木っ端《こっぱ》のように死んでいく有象無象。

優秀な戦士はいくらかいるが、それでも所詮『数』で数えられる程度の消耗品。

そういう認識だから、シーケンスには、オークの見分けなどつかない。

友人が「オークの中にも骨のあるやつがいる」と言っても鼻で笑ったぐらいだ。

だがそいつを見た瞬間、全身が総毛立った。

全身にビリビリと震えが走る。

こいつを見たのは一度だけ。だが忘れるものか。こんなオークは二人といない。

シーケンスはオークの名前をほとんど憶えていない。けどそいつだけは、忘れるはずもない。

「バッシュか⁉」

「お久しぶりです」

シーケンスは思わず立ち上がっていた。

何週間かぶりの起立だ。

シーケンスの腰と足がバキバキと音を立て、体表に張り付いた霜が地面に舞い散った。

バッシュ。

かのグリーンオークは、レミアム高地での決戦の前後から、目覚ましい活躍を見せていた戦士だ。シーケンスの友人である『剛剣将軍』ネザーハンクスが、生涯で唯一、己の剣を贈った相手でもある。

ゲディグズの死後、敗戦が続く中において、このオークの活躍だけは聞こえてきた。

ヒューマンの猛攻に対し指揮官の滞在する陣地をいくつも潰し、エルフの大魔導を倒し、
絶体絶命に陥ったサキュバスを救った……。

それに、かのゲディグズの最期を看取《みと》った男でもある。

勇者レトを屠《ほふ》った男でもある。

この男がゲディグズの死体を抱え、シーケンスの所に訪れた時のことは、忘れるはずもない。あの時の絶望は、思い出したくもないが……。

そんなことより、シーケンスはもう一つ、知っていることがある。

バッシュの二つ名だ。

多くの二つ名をもつこのオークは、特にデーモンの中ではこう呼ばれている。

『竜断頭』。

ドラゴンスレイヤー。

バッシュは、レミアム高地の決戦で、ドラゴンを打倒した。

倒したのだ、あのドラゴンを。

今、まさにデーモンが探し求めていた人材と言えよう。

このオークを使えばあるいは、デーモンを恐怖に陥《おとしい》れた、かのドラゴンを……。

だが、シーケンスが安易に感情を露《あら》わにすることはない。

目の前のオークが自分に都合のいい理由で現れたはずはなく、また自分の思い通りの駒になる時代でもないことを、理解していたからだ。

「……なぜここに？」

ゆえに、冷静にその疑問を口にした。

冷静に考えれば、『オーク英雄』たるバッシュがここに来るはずがない。

オークとて、デーモン同様に四種族同盟に頭を押さえつけられている立場のはずだ。

そんな国の英雄が、なぜ国元を離れて、こんな場所まで来るというのか。

「ヒューマンの王子ナザールより、書状を預かってきた」

それを聞いて、シーケンスは目を四つ閉じた。

やはりと内心で頷《うなず》く。オークが自分の考えでここまで来るはずはない。

問題はその内容だ。

「受け取ろう」

バッシュが懐《ふところ》から取り出した紙は、道中の過酷さを物語るものであった。

角は全て潰れており、一度水にでも浸《つ》けたかのように全体的にゴワついていた。

かろうじてヒューマン王家の封印が残っていたため、それがナザールのものであるということが真実であるとわかる。

(ヒューマンの若造からの書状、か……)

ゴワゴワの封筒を鋭い爪で切り、中の手紙を取り出す。

「ふむ……」

文字は滲《にじ》んで読めなくなっていた。

何が書いてあるのか、まったくわからない。

オークなんぞに手紙を運ばせるからだ。

「なるほどな」

とはいえ、ヒューマンの王子ナザールが、オークに書状を持たせてまで問い詰めたいことの予想はつく。

シーケンスの娘、ポプラティカとその一味のことだろう。

彼女たちは「ゲディグズ様を復活させる」と息巻いて出ていった。

シーケンスがデーモンの国からなんとか持ち出した国宝まで盗んで、だ。

彼女に追従して出ていった者たちも大勢いる。

だが、彼らが今はどうしているかなど、わかろうはずもない。

なにせ、ここには大した情報は一切入ってこないのだから。

「で、貴様はなんだ？　この手紙を届けただけか？　『オーク英雄』が、ヒューマンの小僧の走狗《そうく》と成り下がったか？」

シーケンスはいつもの調子でそう言ったが、運び手の選出に間違いは無いと思っていた。

バッシュでなければ、ここまでたどり着けなかった可能性も高い。

むしろどうやって国境からここまで、ドラゴンの目を掻《か》い潜《くぐ》ってたどり着いたのか、どうやって隠匿された要塞を見つけ出したのか、酒でも飲みながら訊《き》きたいぐらいだ。

シーケンスは見た目とは裏腹に、若者の武勇伝を聞くのは結構好きだった。

それぐらい、バッシュに書状を運ばせるという判断は正しい。

たどり着けた時点で、正しかったと言い切れる。

それでも口から嘲るような文言がついて出たのは、デーモンの癖みたいなものだろう。

相手を蔑まずにはいられないのだ。自分たちが落ちぶれても。

さて、バッシュに手紙を運ばせるのは正しいとして、『どうして』という疑問が残る。

どうしてバッシュはそれを引き受けたのか。

下等とはいえ誇り高き戦士《ウォーリア》の英雄が、なぜ手紙の運搬などという雑事をするのか。

「走狗のつもりはない」

「だろうな。ただの使い走りがここまで来られるものか。夜にここを訪れたということは、貴様も見たのだろう？　奴《やつ》を」

「ドラゴンか。ああ、見たぞ」

「見たぞ、ときたか。で、どうした？　倒してきたのか？」

「いや、落とす手段が無かったからな。雪に隠れて夜を待った」

「そうか、まるで……」

シーケンスは「まるで落とす手段があれば倒せるとでも言わんばかりだな」と言いかけて、やめた。

それを一度成し遂げた者に言うのは、愚かだ。

「貴様の口から目的を聞きたい。こんな紙切れでも、寒さで縮こまっているフェアリーでもなく、貴様の口からだ」

シーケンスは、敬意を込めてそう言った。

デーモンがオークに敬意を込めるなど、そう無いことだ。

オークの言葉など、本来であれば聞く価値などない。もし隣に別の種族がいたなら、そっちに聞く。オークなど口を開いても大した言葉を発しないからだ。どうせ大言壮語を吐き、馬鹿なことを口走るだけだ。フェアリーの方がまだマシだ。

だがそれでもシーケンスはバッシュの言葉を待った。

それほどシーケンスは、バッシュを高く評価していた。

戦争を戦いぬいた者で、バッシュを評価しない者などいないだろうと思っていた。

「……」

バッシュは凄《すさ》まじい眼力でシーケンスを睨《にら》みつけた。

歴戦のシーケンスの背筋がぞっとするような、強い視線だ。

「お前の娘を、紹介してほしい」

「ポプラティカか？　儂《わし》はアレの居場所など知らんぞ」

「別の娘は？」

「リメンディアは死んだ」

「確か、もう一人いたはずだ」

「いたとも！　アスモナディアがな！」

「ではその娘を紹介してくれ」

シーケンスは考える。

娘を紹介して欲しい。デーモンの常識で考えると、「お前の娘と付き合いたい」という意味だ。それを普通のオークの言葉に当てはめると「貴様の娘を犯し、子を孕《はら》ませてやるぜ」という意味になる。

デーモン貴族としては、許せぬ発言だ。

叩《たた》き潰して思い知らせるしかあるまい。

だが、目の前にいるのは『オーク英雄』バッシュだ。

このオークがいかなる人物か、シーケンスはよく知らない。

ただ、かつての友人はバッシュを評して「骨のある奴だ」と言った。

頑固で、他人を滅多に褒めない男だった。まして自分のお気に入りの剣を渡すなど、シーケンスが生きてきて一度しか聞いたことがない。

ヒューマンの王子ナザールは、この男に紋付きの書状を託した。

ヒューマンが、オークにだ。

確かにバッシュは運び手として最高だろうが、もっと他にも人はいただろう。

オーク以上に信頼できる者など、いくらでもいるはずだ。

「貴様は……アスモナディアがなにをしているのか、知っているのか？」

ゆえにシーケンスは真意を探る。

「いや、知らんな」

「今は、ドラゴン討伐の指揮を執っている」

「そうか」

と、フェアリーが動いた。

オークの耳元で、こしょこしょと何かを話している。

何を企《たくら》んでいるのかは知らんが、オークとフェアリーの企むことなどたかが知れている。

フェアリーはオークよりも賢いが、デーモンからすれば同じぐらい馬鹿だからだ。

「倒せる算段はついているのか？」

バッシュの言葉は、ある意味デーモンを侮るものであった。

無論、その問いの答えはノーだ。そんなものは無い。あればとっくにドラゴンは骨と化し、デーモンはこのレス雪原全土に版図を広げているはずだ。

「いいや。だが奴の巣は見つけた。東の山中だ。空にいるならともかく、地面を這《は》いずり回《まわ》っている時なら、勝機はある」

「そうだな」

「簡単に言う」

これが他のオークであれば、シーケンスも苛《いら》ついたかもしれない。

簡単に同意するな、そう易々《やすやす》といく相手ではないぞ、と。

「簡単ではないが、前に一度殺したことがある」

「そうだな！」

だが、目の前のオークは、それを証明してみせた男だ。

この世で唯一「地面を這いずり回っているドラゴンなら殺せる」と豪語していい男だ。

冗談のような実例を持つ男だ。

その実例が、デーモン族を死地に追いやらせたとも言えるが、気高きデーモンがオーク如《ごと》きの真似事《まねごと》すらできずに追い詰められているとは、口が裂けても言えるものではない。

「我が娘は、前例があるなら自分にもできると、そう言って、何日も前に若者連中を連れて出ていった」

「つまり、今はドラゴンの巣にいると？」

「かもしれん」

予定では、もう帰ってきているはずだが、戻ってきていない。

そして日が落ちる前に、偵察部隊長が、全滅を確認したと言ってきた。

死亡が確認できたのは、出撃した人数より少なかったらしいので、全員が死んだとは限らないらしく、また死体の判別もできないほどに焼け焦げていたらしい。

ゆえに、生きている可能性はゼロではない。未《ま》だドラゴンの巣の近くに潜伏しているかもしれない。勝機という点は、すでに失われているだろうが……。

愚かなことだとシーケンスは思う。

相手はドラゴンだ。そこらの魔獣とは違う。狡猾《こうかつ》で残忍で、執念深く、知恵もある。

自分の巣に襲いかかる脅威に対する術《すべ》を、持っていないはずがないのだ。

仮に追い詰めることができたとしても、何かしらの奥の手を隠し持っている可能性だってある。

娘にも、彼女を取り巻く若者たちにもそう言ったが、所詮はただのでかいトカゲだと聞く耳を持たなかった。

ならどうして、奴はギジェ要塞に舞い降りないのか。

ならどうして、空からブレスを吐くだけなのか。

地上に降りたら我らに勝てないからだと、そう豪語して。

その結果が全滅だ。

「我が娘とは思えぬほどに愚かなことだ。そんな娘で良《い》いのならば、紹介しようではないか。なんなら、嫁にでもするか？」

「っ！　いいのか！」

「儂はゆるそう。生きていたならな」

オークの嫁。

それはデーモンにとって、許されざる存在だった。

デーモン貴族が愚かなオークの嫁となり、首輪を付けられ、全裸で孕み腹を晒《さら》しながら犬のように連れ回されるなど、デーモンの名誉と誇りにかけて、絶対に許せない。

もしそんな事があろうものなら、デーモン全軍を以《もっ》て、オークを滅ぼしにいくだろう。

だが敵戦力を見誤り、自分のみならず部下を勝算のない戦いに引きずり込み、死に絶えさせるなどということもまた、聡明《そうめい》なデーモン貴族にはあってはならんことだ。

（昔なら、名誉を優先しただろうがな……）

そう、戦時中なら、どれだけ愚かな娘でも、オークに差し出したりなどしなかった。

だが名誉は栄華を極めてこそのもの。滅びに抗《あらが》う今のデーモンには無用のものだ。

娘は『人材』という、滅びに対し少しでも蓄えねばならぬ虎の子を無駄にした。

ならば、オークの嫁という立場に堕とすのは、相応の重罰だろう。

まぁ、その前に死という名の軽罰が下ったようだが。

「今すぐ、その山に赴く」

「……本気で言っているのか？」

その言葉に、シーケンスは訝《いぶか》しげな視線をバッシュへと送った。

すでに死んでいる。それぐらい、オークにもわかるはずだ。

オークは馬鹿だが、戦いに関する嗅覚は意外に鋭い。

どこの戦場が勝っていて、どこが負けているかを、なんとなく判別できる者も多かった。

「旦那、旦那……こしょこしょ……」

と、そこでフェアリーがまた耳打ちをする。

不自然な動作だ。何かを企んでいるのは、間違いない。

バッシュはフェアリーの言葉に「うむ」と頷《うなず》き、シーケンスをまっすぐに見た。

「娘のみならず、他に生き残りがいれば、俺のものにしてもいいか？」

「……！」

バッシュの目は、まったく笑っていなかった。

酷《ひど》く現実的で、ありていに言えば本気の目だった。

シーケンスは幾度かこの目を戦場で見たことがあった。

死を覚悟した者の目だ。死ぬより大事なことがあると、そう信じている者の目だ。

シーケンスの脳裏に、まさかという単語が浮かぶ。

生き残りを自分のものにする。討伐隊は女ばかりではない、むしろほとんどが男だ。

つまり、このオークはデーモンの嫁を娶《めと》るより、別のことのために赴くつもりなのだ。

そして、ドラゴン討伐隊の生き残りをまとめ、何かをしようというのだ。

それは何だ？

「今行けば、お前も戦うことになるぞ！　ドラゴンと！」

「ああ、だがそのために来た」

そのために。ドラゴンと戦うために？

こんな所まで？

なぜ……？

と、疑問にまみれたシーケンスは、先程の手紙を思い出す。

水に濡《ぬ》れ、滲《にじ》み、何も読めない手紙だが、もしかするとここには、その旨《むね》が書かれていたのではなかったか？

すなわち、援軍だ。

ドラゴンを打倒するため、ナザールが援軍をよこしたのだ。

でもなぜナザールがそんなことを。なんの利益もないはずだ。

……いや、思い出せ。停戦を持ち出したのは誰だった？　あの王子だ。

停戦協定の場で一度だけ話したが、能天気で天然で、善意の塊のような男だった。

他のヒューマンと違い、デーモンを末代まで痛めつけてやろうという、薄暗い意思を感じ取れなかった。

とはいえ、やはり益があるとは思えない。

ヒューマンは名誉より利益を優先する種族だ。

「ナザールは、なぜこのようなことを？　なぜお前はそれに了承した？」

「……？　いや、俺から言い出したことだ。ナザールはその手助けをしてくれたに過ぎん」

「なん、だと……」

ナザールは関係ない。

とすると、このオークは、自分の意思で、わざわざこんな所まで来たということか。

ナザールの書状は、せいぜい国境を越えるための許可証と、バッシュを援軍として認めさせるための嘆願状くらいか。

しかしバッシュは、なぜドラゴンを倒すために、こんな所にくる？

なぜデーモンを助けようとする？

「窮地を見かねて、救ってくれようとでも言うのか？　オークが、デーモンを？」

「……そうすれば、デーモンとて少しはオークを見直すのではないか？」

デーモンに見直されるためにやる？

馬鹿な……と、笑い飛ばせないのは、この男が『オーク英雄』と呼ばれる存在だからだ。

こいつはそうだった。

戦場で、どんな所にでも助けに現れて、劣勢だった戦況をぶち破ってくれた。

シーケンスとて、当時はオークなんぞにと思い、認めてこなかったが、わかっていた。

こいつのおかげで、レミアム高地も助かったのだ。ドラゴンを倒し、勇者レトを倒したおかげで、七種族連合は戦力を残したまま撤退できた。

その後の活躍もまた、全体で見ればデーモンにとってプラスだった。

サキュバスを助けた一件もそうだ。サキュバスが滅びれば、エルフの戦力はデーモンに集中していただろう。そうなればデーモンは停戦の日まで戦い続けることはできなかったに違いない。

バッシュのおかげなのだ。

だからシーケンスは、バッシュに一目置いているのだ。

そもそも、こいつは『オーク英雄』だ。

『オーク英雄』は、長らく誕生していなかった。

その名に値する戦士《ウォーリア》がいなかったからだと聞いているが、オークは馬鹿だ。

普段は誇りだの、名誉だのと口にしているが、戦闘中に女を見つければ、見境なくそこらの茂みに連れ込むような、下等生物だ。

強い者に媚《こ》びへつらうが、内心では自分の方が強いと考えているような下種《げす》な種族だ。

そんな馬鹿な連中が、バッシュを認めたのだ。

自分たちの頂点、『オーク英雄』だということを。

バッシュが、その称号に値する戦士だということを。

ならば、もはや理屈ではあるまい。

この男は、オークの名誉のために、己を捨てて動ける男ということだ。

オークがデーモンに見直されるため、という理由に、これほどの信憑《しんぴょう》性があろうか。

「一つだけ聞きたい。なぜお前は、それほどの危険を冒す?」

「決まっている」

バッシュはシーケンスに背中を向けつつ、半目だけこちらに向けて言った。

「デーモンの女を妻にしたいからだ」

その冗談に、シーケンスは声を上げて笑った。

心の奥底から笑ったのは、ゲディグズが生きていた時以来のことだった。

4．ドラゴンの巣へ

レミアム高地。

そこは、ヴァストニア大陸中央部に位置するドワーフの領土で、ヒューマンとエルフの国に隣接している場所。垂直に切り立ったテーブルマウンテンが数多く点在し、良質な鉱石が取れるのが特徴だ。

ドワーフはここから恒久的に鉱石を採取し、前線に良質な武具を供給し続けた。

ここを七種族連合に取られれば、ヒューマンとエルフは分断され、ドワーフ本隊への鉱石の供給量も減る。補給が途絶え、孤立する部隊も多く出てくるだろう。

要所だ。

だからこそ四種族同盟も必死に守ろうとしたし、デーモン王ゲディグズもここを決戦の場に選んだ。

オーク軍が展開していたのは、七種族連合全軍の中央前方である。

つまり最前線。両軍が最も激しくぶつかり合うことが予想される、激戦区であった。

デーモン王ゲディグズは、オークのことをよく理解していた。

戦場で女を倒せば、その場で犯しはじめてしまうこと。

ただし、あらゆる戦場において、とてつもなく勇敢であること。

敵がどれだけ多数でも、あるいは味方がどれだけ死んでも、構わず突撃できるほどに、阿呆《あほう》であること。全ての種族の中で、最も数が多かったこと。

使い減らしても、特に懐《ふところ》が痛まない存在であるが、さらにフェアリーと組ませることで長持ちもする。フェアリーと組むことを嫌がる種族は多いが、オークは例外だった。

オークは、最適な配置をされていた。

とはいえ当時、オーク以外の種族は、疑問を抱いていた。

「これほど重要な戦において、なぜオークに最も重要な場所を任せるのか？」

「いつものように、オーガを前面に出した方がいいのではないか？」

「その方が、オーガの面目も立つし、戦果も大きくなるじゃないか」

「だって今まではずっとそうだった。見ろ、オーガもご立腹だ、と」

ゲディグズは答えた。「戦端が開かれて一時間もすればわかる」と。

ゲディグズへの信頼を持たぬ者はいなかったが、その言葉にはみな懐疑的だった。

開戦から一時間後、各種族が入り乱れ、乱戦模様となり始めた頃、オークの軍勢がヒューマンを押し込み始めた。ヒューマンがどれだけ屈強といえども、当時の戦力差を考えれば、そうおかしなことではない。

オークたちも、ヒューマン軍の奥に見える王家の紋章を見て、俺が姫を犯すんだと股間をモリモリにして突撃していった。

その勢いは凄《すさ》まじく、ヒューマンが押し切られるのも時間の問題に思えた。

とはいえ、当時のオーガたちは面白くなかった。

オークにできるのなら、オーガにもできたはずだ。

むしろ、オーガであれば、一時間も掛けず、その半分……いいや、脆弱《ぜいじゃく》なヒューマンの軍勢など、最初のぶつかり合いで蹴散らしていたはずだ、と。

オーガだけではない。オーク以外の種族もそう思っていた。

そんな折だ。


ドラゴンが現れた。


地獄が始まった。

ほんの数分で、オークの半分が消し炭になった。運よくブレスを回避したオークも、火に囲まれ、逃げ場などどこにもなく、ヒューマンの魔法が次々と飛んできた。

まさに阿鼻叫喚《あびきょうかん》の地獄が、目の前に展開されたのだ。

そんな地獄を前に、幹部たちは思わずゲディグズの方を見た。

彼は顔色一つ変えていなかった。

この展開を読んでいたのだ。

ゆえに、ドラゴンが空中から数度のブレスを浴びせ、何百というオークを消し炭にしてすぐ、デーモン軍に動きがあった。

デーモン軍の上空に巨大な魔法陣が浮かび上がり、無数の魔法の槍《やり》が射出された。

ヒューマンの砦《とりで》や、エルフの魔法障壁を打ち崩す時に使うような、きわめて強力な攻城戦用の大槍が、数十本。それらは誘導装置でもついているかのように、ドラゴンに着弾し、その巨体を地表へと叩《たた》き落《お》とした。

かくしてドラゴンは地に墜ちた。

オークだけでなく、オーガや他種族のひしめく、七種族連合の陣地のど真ん中に。

そして、後詰としてオーガの軍勢が、その巨体へと躍りかかった。

幹部たちは、ゲディグズを褒めたたえた。

流石はゲディグズ様だ。このためにオークを囮《おとり》にしたのですね！　と。

しかし、そこからが本当の地獄の始まりだった。

地に墜ちたドラゴンは、半狂乱になって暴れた。翼を失い、逃げられぬと悟ってか、死にものぐるいだった。

そしてそんなドラゴンに、七種族連合の面々は、誰一人として敵《かな》わなかった。

オーガはもちろん、戦場に残っていたオークも、援軍に駆け付けたサキュバスやリザードマン、ハーピーも、誰一人その鱗《うろこ》に傷一つつけることすらできず、無残に引き裂かれた。

ゲディグズがその状況を想定していたのか、あるいはそうでなかったのかはわからない。

前線にいた者は知らないが、同時刻にデーモン本陣の偵察部隊が強襲されていた。

通信は遮断され、指揮系統が一時的にマヒしていたのだ。

ナザールらの部隊による作戦の成功率を上げるために行われた、ビーストの破壊工作である。そしてその後、ゲディグズがナザールらに襲われることとなるが、それは置いておこう。

そうこうしている内に、ドラゴンはヒューマンの陣地に向かい始めた。自分が死地を脱する可能性が芽生えたのを察知し、逃げようとしていたのだ。

前線で戦う者たちはそれを見て、誰もが焦《あせ》りを覚えた。

ヒューマンの本陣に到達されてしまえば、翼が回復魔法で治癒され、また飛来してくるだろう。

再度飛び立てば、今度は墜ちないに違いない。

それどころかデーモンの本陣を強襲し、完膚無きまでに叩き潰すだろう。

だから阻止しなければならない。

だが、誰もドラゴンを止めることはできなかった。デーモンの、オーガの、サキュバスの、名だたる戦士が挑みかかり、あっけなく死んでいった。

どうすればいいのか、ゲディグズ様は何を考えているのか。

そう、前線を指揮していた者たちが考え、焦り始めた頃……。

ドラゴンの前に一人の戦士が立った。

それは一人のグリーンオークだった。

おおかた、火の海になった戦場にいて、煙にまかれて状況がわかっていないのだろう。

きっとそのまま眼前のドラゴンに食われるか、ブレスで炭になる。

ここにいる戦士たちに等しく訪れる死の瞬間が、彼にも訪れる。

誰もがそう思っていた。

そして、彼らは、信じられないものを目撃することになった。

■

現在、バッシュは山で氷壁に張り付いていた。

バッシュはその山の名を知らない。

ただ、かつて噂《うわさ》で、北の果てに高い山があるという話を聞いたことがあった。

そして、その山にはドラゴンが住んでいる、とも。

だからきっと、自分が登っているのはその山なのだろうと考えていた。

実際、そこに関してはわりとどうでもよかった。

この山にドラゴンの巣があるという情報は、シーケンスから得ていた。

そしてバッシュたちは、巣に用があった。具体的に言えば、その巣に対して攻撃を仕掛けている部隊の生き残りにだが。

「三人ぐらいは生き残っているといいっすねぇ！」

「そうだな！」

周囲は猛吹雪。

何も見えず、絶えず氷の礫《つぶて》が叩きつけてきている。

ゼルですら、外を飛び回らず、バッシュの懐に隠れているぐらいだ。あるいは、ただ寒いだけかもしれないが。

下の方は見えないが、落ち始めたらあっという間に真っ逆さまだろう。

ゼルもいることだし、バッシュであれば恐らく死なないだろうが、かなり痛いに違いない。

バッシュはつるつるの氷壁に指を打ち込み、ガシガシと上へ登っていく。

気温が低いためか、氷壁が割れたりすることもない。

順調な登山と言えるだろう。

「それにしても、あれだけ良《い》い返事が貰《もら》えるとは思ってもみなかったっすね！」

「ああ！」

シーケンスとの会合は完璧であった。

最初はデーモンらしく、こちらに胡乱《うろん》げな視線を向けていたシーケンスだったが、ナザールの手紙を見せた途端に態度を一変、あっという間に娘をくれると言ってくれた。

それどころか、娘の配下にいるデーモン女をもらっていいとまで言ってくれた。

「娘が欲しければドラゴンを倒してこい！　ぐらい言うかと思ってたっすよ！」

「巣がわかっているのなら、それでも構わん」

「さっすが旦那、そうこなくっちゃ！　オレっちはレミアム高地では旦那の活躍を見逃したっすからね！　いやぁ、見たかったなぁ！　旦那がドラゴンをちぎっては投げ、ちぎっては投げする所！　どうせ旦那のことだから、一撃でズバーっと終わってしまったんでしょうけど！」

「いや……あれは死闘だった。死んでいてもおかしくはなかった。なにせドラゴンが現れてすぐ、俺は気絶していたからな」

バッシュは、あまり自分の逸話を語ることが無い。

オークが自慢話をする時は、その時に犯した女の話をデザートにいれなければいけないからだ。

戦いの逸話が50点。女を犯す話が50点。両方合わせて100点満点。

そんな配点になっているのだ。オークの自慢話というのは。

バッシュの話では、どう頑張っても50点しか取れない。

だが、このドラゴンとの戦いに関しては別だ。

オークがドラゴンに立ち向かい、それを倒した。

ドラゴンスレイヤーの逸話だ。

オークと言えど、その話の配点はあまりにも大きく、女の部分がすっぽり抜けていても100点を取れるほどだ。

なにせ、このヴァストニア大陸史上、ドラゴンを倒した者は、片手で数えるほどしかいないのだから。

その片手で数えられる英雄たちも、半分以上はおとぎ話だ。

残りの半分すら、本当にあった話かどうか判別が難しい。

ただ、ドラゴンは実在するし、戦場にはドラゴンの骨から作った武器を持った戦士《ウォーリア》がいた。だからみんな、疑いの目を向けつつも、心の奥底では信じていたのだ。

ドラゴンを倒しうる戦士は存在する、と。

そして、それが成された。

伝説だ。

だから別格なのだ。

「き、気絶っすか⁉　バッシュの旦那を、どうやって⁉」

「詳しく語ってやってもいいが、ここは少し寒いな」

「そっすね！　できればもうちょっと暖かい所で、お酒でも飲みながら聞きたいもんっすね！　あ、そうだ、いいこと考えた！　これから出会うデーモン女にその話を聞かせてやるっすよ！　デーモン女は今、まさにドラゴンの脅威に困ってるっすからね！　旦那がドラゴンを倒した話を聞かせてやれば、一発でメロメロっすよ！」

「そういうことなら、ドラゴンを退治するのもいいな」

「おっ、新たな伝説の幕開けっすか！」

すでにシーケンスから許可は貰っている。

デーモンは上下関係に厳しい種族だ。上位のデーモン貴族から命じられれば、オークの妻だろうがなんだろうがなってくれるだろう。オークがオークキングの命令には絶対服従なように。

だが、念には念を入れておきたいのも事実だ。

シーケンスは、自分の娘の一人と、討伐隊の女を自分のものにしていいと言ったが、すでに全滅している可能性もある。

こういう時、最低でも一人か二人、生き汚い奴《やつ》が残るものだが、それも絶対ではない。

なにせ相手はドラゴンなのだから。

なら、今まで通りの方法も、同時に進行しておきたい。

つまり『惚《ほ》れさせて妻にする』という従来通りの方法だ。

楽なのは、その方法が明確な所だ。

ドラゴンを討伐する。それを女に話す。実にわかりやすい。

むしろ、ドラゴンの討伐すらできないのなら、デーモン女を口説き落とすのは諦めた方がいといっても過言ではないだろう。

バッシュにとって、デーモン女はドラゴンよりも強敵なのだ。

「む」

そう思いつつ、バッシュは穴を発見した。

氷壁の途中に、一人通れる程度の穴が、ポッカリと開いていた。

かなり不自然な穴だ。人為的なものに違いない。

「ここか……」

この穴はデーモンの討伐隊が作った、ドラゴンの巣への直通路である。

討伐隊はここから侵入し、ドラゴンの巣への攻撃をする手筈《てはず》だったと聞き及んでいる。

そこから考えるに、バッシュが要塞に行く途中で見かけた一団は、ここから侵入し、中でドラゴンに遭遇、戦闘に入るも敵わず撤退。

そして追いつかれ、空中からブレスを吐かれて死んだのだろう。

「……いるな」

穴の中からは、やけに生暖かい空気が流れてきていた。

さらに言えば、穴の奥から、なにやら強大な生命の気配が感じられる気がした。

それ以外には、なんの気配もしない。動物は疎《おろ》か、魔獣すらいないのだろう。

なにか強大な生物が巣を作っている証左である。

いわゆる、ヌシの縄張りだ。

そして、こんな所に縄張りを作っているヌシなど、一匹しかいまい。

「行くか」

「うっす!」

バッシュは穴へと侵入した。

穴の大きさは、バッシュが十分に歩ける程度だったが、地面も壁もやけにつるつるとしていて歩きにくい。バッシュが足を滑らせることは無いが、あるいはヒューマンやデーモンなら、足の一つも滑らせていたかもしれない。

「人一人が通れる程度の穴って聞いてたっすけど、旦那がつっかえもしないなんて、やけに大きな穴っすね」

「そう……だな……」

バッシュはそう返事をしつつも、しかしすでに嫌な予感がしていた。

やけにツルツルとしていて、表面が光の反射でキラキラと輝いている。

こういう床は、前に見たことがあった。

一度だけ。そう、たったの、一度だけ。

「……」


それを思い出した瞬間、否応《いやおう》なくバッシュの緊張が高まった。

歩きながら背中の剣に手を掛ける。

冷たい柄を握りしめ、腹の底に力を入れる。

ゼルもそんな気配を感じ取ったのか、押し黙った。

いや、このフェアリーも気づいているのだ。先ほどから風鳴のように聞こえていたこの音……どうにもマブダチの精霊の腹の虫とはモノが違うようだと。

目的の相手に近づいてきている。

だから、バッシュの側を離れず、静かに光源としての役割に徹した。

そうして警戒していたからだろう。

突然、前方に巨大な黄色い目が出現した時に、対処できたのは。


「！」


ソレと目が合った。

見られた。

そうとわかった瞬間、バッシュは剣を抜きざまに振り切った。

左手側の壁を切り砕き、できた隙間に己の身体を押し込めつつ、はみ出た身体を隠すように剣を地面に突き刺す。

隠れる直前にチラリと見た時、通路の奥の黄色い目は消えていた。

バッシュは大きく息を吸い込み、ゼルを胸元に隠しながら丸くなった。


視界が真っ白に染まった。


マグマの中に身を落としたかのような熱を感じながら、バッシュは息を止めたまま、ゆっくりと数を数える。

（1、2、3、4、5、6、7、8、9、10、11、12……）

13まで数えた所で、バッシュは剣を地面から引き抜き、走り出す。

洞窟は先程よりも一回り大きくなっていたが、壁と地面はドロドロに溶けていて走りにくかった。

剣は真っ赤に熱せられており、握った手の皮がジュウと音を立てる。

足の裏からも同様の音が聞こえ、刺すような痛みが襲ってくる。

服は端から燃え上がり、灰となって崩れていく。

全身の火傷《やけど》で激痛が走っても止まらない、息もせずに疾駆する。

バッシュは、ここでは息ができないと知っている。

酸素という概念を知らずとも、今ここで息をしても意味が無いと、知っている。

前に一度、それで十数分ほど倒れたことがあるから。

そして、その場にうずくまっていると死ぬこともまた、知っている。

（1、2、3、4、5、6、7、8……）

走りながらもう一度数を数える。

そしてそれが9に達した時、道の奥にもう一度、あの黄色い目が見えた。

バッシュは間髪容《い》れずに剣を突き出した。

「ギュアアアァァァァ！」

凄《すさ》まじい咆哮《ほうこう》が上がる。

バッシュはその声を聞きながら、目があった場所へと転がり出る。

そこは、空洞だった。

天井は高く、バッシュが思い切り飛び上がっても、頭をぶつけることは無いだろう。

それどころか、もっと大きな生物が余裕を持って暮らせるぐらいの高さと広さがあった。

そう、例えば目の前にいる、巨大なトカゲ。

赤い鱗《うろこ》を持つドラゴンだ。

そいつはバッシュの一撃で片目が潰れ、血を流していた。

だが戦意はまったく衰えていない。残った目でバッシュを睨《ね》めつけつつ、天井に向かって吼《ほ》えた。

「ギャアオオオオァァァァ！」

同時に、バッシュもまた腹の底に息を吸い込む。

天敵を前にし、湧き上がる震えを打ち消すように。オークは何者も恐れぬ、勇敢な戦士だと示すように。

叫ぶ。

「グラアアァァァァァアオオオォ！」

ウォークライ。大音声《だいおんじょう》が洞窟を震わせる。

戦いが始まった。

5. 英雄VSドラゴン

ゼルはいつだって歴史的な瞬間を目にしてきた。

なんだったら、ゼルが見てきた全ての光景こそが、歴史そのものだといって過言ではないが、どれも今回ほど歴史に残るものではなかった。

今回のこれは、本当に歴史に残る。

伝説になる。

バッシュが戦う所を見る度にそう思うが、今日はより強く、そう思った。

『オーク英雄』。

『ドラゴン』。

この大陸で最強の二匹が相対するのを、ゼルは少し離れた所から見ていた。

「ギャアアアアアオオオオオォァァァァァァァ！」

「グラアアァァァァオオオゥゥ！」

雄叫《おたけ》びの大きさで言えば、ドラゴンにやや軍配が上がるか。

だがドラゴンの方は、目の前の小さな生物が発する大音声に、心なしか驚いているようにも見えた。

そうだろう、今までは己が声を上げれば、相手は怯《おび》え逃げ惑うばかりだったろうから。

まさか怒鳴り返してくる相手がいるとは、心にも思っていなかったろう。

とはいえ、それでドラゴンの行動が変わるわけではない。

相手が自分より大きな声を出したから、なんだ？

目の前の小さな生物は、ブレスを吐けば炭になり、爪を振るえば四肢が千切れて死ぬ！

噛《か》み付《つ》けば、あっという間にバラバラになって空腹が満たされる！

目の前にいるのは、そんな存在に変わり無いだろうが！

ドラゴンはきっとそう考えたはずだ。

だから低い姿勢から一気にまっすぐ突進し、太い右腕を横薙《な》ぎにバッシュに叩《たた》きつけたのだ。実に無警戒に。実に無造作に。いつもこうやっていますよと言わんばかりに。

とはいえ、凄まじい速度だった。

見上げんばかりの巨体が沈み込んだかと思えば、猫のように一足飛びで前に移動していた。

あの巨体があれだけの速度で動くことを、あらゆる人は想像できない。

想像力豊かな妖精であってもだ。

ゼルはドラゴンが動いた瞬間「ヒッ」と喉の奥から声を上げ、逃げることもできず身体を硬直させることしかできなかった。

ドラゴンほどの巨体に、そんな速度でぶつかられれば、木っ端《こっぱ》な人間の運命など決まっている。

為《な》すすべも無く、潰されるだろう。デーモンだろうがオーガだろうが、関係なく。

それぐらい速いし、重いし、鋭いのだ。

だがゼルは知っている。

ドラゴンが相対しているのは、ただの人間ではないと。


カッキイイイン！


金属音が響いた。

まるで固い砲弾でも打ち返したような小気味いい音だ。

硬度の高い金属同士がぶつかり合い、そしてどちらかが砕けた時に鳴る音だ。

ドラゴンがたたらを踏んだ。

叩きつけるはずだった右腕が地面を滑っていく。土煙を上げながら上体が流れ、肘から接地し、転がっていく。

「……⁉」

ドラゴンはすぐには体勢を立て直せなかった。

一回転し、肘をついたような姿勢のまま、目だけで己の手を見た。

ドワーフ鋼よりはるかに高い硬度を持つと言われている爪が、割れていた。

「……ッッ⁉」

それから、バッシュの方を見た。

驚愕《きょうがく》の表情だ。

ドラゴンの表情など、リザードマン以上にわからないが、それでもゼルにはわかった。

ドラゴンの視線の先には、誰もいない。すでにバッシュは側面へと回り込んでいた。

先程潰した目——死角の方から、首元へと。

バッシュの渾身《こんしん》の一撃がドラゴンの首に打ち込まれる。

ギャリンともギャギンとも聞こえる耳障《みみざわ》りな音は、バッシュの戦いにおいてあまり聞き慣れない音……剣が何か固いものに阻《はば》まれ、うまく刃が通らなかった時の音だ。

「ギッ……！」

バッシュの一撃は、間違いなく打ち込まれた。

あらゆるものを両断してきた、必殺の一撃だ。

だが、ドラゴンの首を両断するには至らなかった。

それどころか、鱗を弾《はじ》き飛《と》ばし、首に浅い切り傷を与えたのみだ。

「なっ！」

その事実に、ゼルは戦慄する。

あのバッシュの一撃が、通らない。

ありえない。岩だって両断する一撃だ。それに耐える生物なんて、そんなの一体どうやって倒せというのか。

「ギィイエエエアアアァァァァ！」

ドラゴンの咆哮が鳴り響いた。

もしかすると、生まれてすぐ硬い鱗に包まれ、そのまま長い年月を過ごすドラゴンにとって、生まれて初めて感じる痛みだったのかもしれない。

飛び散る鮮血に目を見開き、怒りの声を上げる。

ドラゴンの動きが加速する。

ブレスを吐き散らし、割れた爪を振り回し、牙をガチガチと噛み鳴らし、小さきものを押しつぶさんと、その巨体を叩きつける。

巨体の動きが風を作り出し、洞窟内に暴風が吹き荒れる。

ゼルは飛ばされぬよう、必死に岩にしがみつきながら、戦いを見守る。

半狂乱ともいえるドラゴンの暴走。一見すると、ただ闇雲に暴れているだけに過ぎないが、ゼルにはわかる。ドラゴンの動きは決して闇雲ではなく、かなり的確にバッシュを狙っていることを。本能の為せる業《わざ》か、あるいは半狂乱になっているように見えて、意外に冷静なのか……。

対するバッシュはただただ丁寧だ。

爪が飛んできたら打ち返し、ブレスは回避し、牙は剣で砕き、巨体がそのまま突っ込んできたら関節などを狙って剣を打ち込む。その度にドラゴンの鱗が弾け飛び、傷つき、咆哮が上がる。

圧倒的な差があった。

ドラゴンとオーク。

そこには生物として、鼠《ねずみ》と象ぐらいの圧倒的な差がある。

人間の中でも、特に化け物とされるバッシュの一撃ですら、ドラゴンに浅い傷をつけることしかできないのだ。

そしてきっと、ドラゴンの一撃は、バッシュですら死に至らしめるだろう。

人間はドラゴンに勝てないのだと、本能が訴えかけてくる。

だがそれをものともしない程、技術に圧倒的な差があった。

バッシュはドラゴンの攻撃を全ていなしていた。

全身に大火傷《おおやけど》を負いながら、一撃でも貰えば死ぬ攻撃を全て回避していた。

そう、これが本当に現実かと疑いたくなるほど、バッシュはドラゴンを圧倒し、何度も斬撃を加えていた。

そしてそんなバッシュの狙いは明確だった。

首だ。

最初の方の一撃で切りつけ、いまなお血が流れている首。

あそこにもう一撃を加えようと、バッシュは攻防の中で機会を窺《うかが》っている。

首の鱗《うろこ》はもう砕けている。

バッシュの渾身の一撃をもう一度打ち込めば、次は肉を切り裂き、血管を切り裂き、あるいは骨をも砕くだろう。

『竜断頭』。

バッシュが以前ドラゴンを倒した時の再現が、今まさにされようとしていた。

しかし勝負は決まらない。

ドラゴンも気づいているのだろう。

首に貰った一撃を、もう一発貰えば致命傷になる、と。

ゆえに、首を守り続けている。

ドラゴンはバッシュの戦い方など知らないはずだ。

なのにバッシュの狙いを察知し、的確な行動をとっている。

きっと本能だろう。やはりドラゴンという生物は強靱《きょうじん》かつ強大なのだ。生まれつき戦うことに特化した生物なのだ。

他の生物であれば、とっくに勝負は決まっていたはずだ。

だが、それも長くは続くまい。

ドラゴンは一手毎《ごと》に戦力を削《そ》がれていく。美しかった鱗は剝げ、身体中から流れた血で全身がまだら模様だ。すでにブレスも吐けないのか、舌をだらりと垂らしてゼーハーと荒い息をついている。

対するバッシュは、肩で息をしているものの、まだ余力がある。

「……」

ドラゴンとバッシュが数秒だけ止まった。

その数秒、一人と一匹は見つめ合った。

ゼルにはわかる。

決着の時だ。

だが同時に一抹の不安もよぎる。

ドラゴンは生物として格上の存在だ。何か奥の手を残していてもおかしくはない。

バッシュがいかに戦士《ウォーリア》として別格であったとしても、その奥の手を初見で回避できるとは限らない。

ゼルは祈る。

どうか、どうか前の戦いで、バッシュがその奥の手を見ていますように、と。

レミアム高地の戦いにおいて、ドラゴンが最後に切り札を切ったとか、そんな話を聞いたことは無かったが、それでもどうか、バッシュにしかわからぬ何かを知りえていてくれ、と。

二者が動き始める。

ドラゴンの上体が左へと流れる。

対するバッシュは、死角である右へと移動を始める。

あくまでブレスを回避できる距離を保ちつつ、ドラゴンの攻撃にカウンターをあわせるべく、身体に力をみなぎらせる。

獰猛《どうもう》に牙を剝《む》き、全身から湯気を立ち上らせて睨みつける姿は、気迫に満ちている。

歴戦のオーク戦士であったとしても、小便をちびって命乞いをするだろう。

ゼルはそれを見て確信した。バッシュが勝つと。

次の一撃でドラゴンの首を刎《は》ね飛ばす、と。

そして、恐らくドラゴン自身も、それを理解していた。

ゆえにドラゴンは上体を反らし、目一杯に溜《た》めを作って――。

「?」

そのまま地響きを立てながら、奥へと走り抜けていく。

「……えっ?」

逃げた?　ドラゴンが?

あの、大陸最強の生物が?

あ、でもそうか。

「……ドラゴンも生き物っすもんね」

ゼルの呑気《のんき》な言葉に、バッシュは怒声を上げる。

「逃がすな！　追え！」

「あっ！　は、ハイっす！」

バッシュにしては珍しい切羽詰まった声に、そうだ、とゼルは思い至る。

旦那は言っていたじゃないか。

「空を飛ばれたら勝てない」と。

ドラゴンがバッシュに勝つための手段があるとすれば、それだ。

逃げて、空を飛び、安全な場所から強襲する。

そう、ドラゴンに逃げ切られたら、次はこっちが狩られる側なのだ。

ドラゴンの巣から逃げ出し、ギジェ砦《とりで》までたどり着けずに全滅した、あのデーモンの部隊のように。

姿を隠すことさえできない雪原で追いかけられ、上からブレスを吐かれたら、いかに『オーク英雄』と言えど、勝ち目は無いのだ。

バッシュが圧倒していたから、相手が逃げたから。

だから勝ったと錯覚してしまったが、そうじゃない。

今がまさに分水嶺《ぶんすいれい》。正念場なのだ。仕留めなければ、負けるのだ。

「うおおおぉぉ！」

ゼルは飛んだ。隼《はやぶさ》のように。

「……」

しかし、ゼルが見たのは、ポッカリと開いた穴。

猛吹雪が吹き荒れる山肌と、外へと続くドラゴンの足跡と血痕のみだ。

ゼルの血の気がサッと引いていく。

やばい、逃げ切られた、と。

しかしそこで気づいた。足跡と血痕はうっすらとだが、吹雪の雪山に続いている。

どうやら、転がり落ちながら逃げているらしい。

ゼルか、あるいはゼル以外誰でも気づけるという話でなければ気づけなかっただろう、痕跡だ！

「旦那、飛んではないっす！　下っす！　下に逃げたっす！」

「わかった！」

バッシュが追いついてくる。

ゼルはその肩に摑《つか》まり、一緒に外へと飛び出していく。

吹雪が全身に叩《たた》きつけられる。突き刺すような冷気に、頭がキンと痛みを発する。

でもバッシュは止まらない。わずかに残った足跡を逃さず、追跡していく。

ゼルは知っている。

こういう時のバッシュは、獲物を逃さない。正確に言うと逃した事はあるが、稀《まれ》な例だ。ヒューストンぐらいだろう。でなければ、『オーク英雄』と言われるものか。詰めの甘い男ではないのだ。

バッシュは斜面を滑るように降りていく。

落ちるような速度。一瞬でも足を踏み外せば、あっという間に滑落してしまうだろう。

だがこの吹雪だ。ためらえば、足跡も血痕も、一瞬で吹雪に消されてしまう。

どっちにしろ死ぬのなら、死なない可能性に賭けるのは当然のことだ。

「……む」

ある場所で、ドラゴンの足跡がこつ然と消えた。

同時に、あるものを発見した。

「……洞窟っすか？」

それは、先程の洞窟とは別の洞窟だ。

いや、自然にできた洞窟というより、人の手で造られた建造物のように見える。

氷漬けになった石柱の残骸があり、よく見れば内部も石で舗装されていた。

いわゆる遺跡というやつだ。

もっとも、バッシュたちにはどうでもいいことだ。問題は、さほど大きくもない入り口に、ドラゴンが入り込めるだけの余裕があるということだ。

「ここに逃げ込んだのか?」

あるいはそのまま崖を転がり落ちていった可能性もある。

ここまで飛んでいなかったが、ここから滑空して逃げたという可能性もゼロではない。

中か、外か……。

「ゼル、どう見る?」

「うーん……そうっすね。ドラゴンが中に入り込んだのなら、入り口の氷柱が折れてないのはおかしいようにも思えるっすけど、ドラゴンはあれでいてかなり賢い魔獣っす。身を低くすれば、ギリギリ折らずに入り込むことができるかもしれないっすから……」

だが、これだけ必死に逃げている奴《やつ》が、それだけの知恵を働かせられるだろうか。

それより、崖を転がりながら降りていったと考える方がマシなのではなかろうか。

そう思わなくもないゼルだが、しかし可能性を排除するには至らない。

「やっぱこのまま崖を降りていったと考えた方がいいと思うっす!」

「いやまて!」

と、バッシュが鼻をひくつかせながら、遺跡の奥を睨《にら》んだ。

石造りの壁や天井には、何の痕も残っていない。

もしドラゴンがこの中に身体を滑り込ませたというのなら、新しい傷跡ぐらい残っていてもいいはずだ。

ならばこの中に逃げ込んではいないと、そう思う所だが……。

「血の匂いがする」

「！」

オークの嗅覚は大雑把だが強い。

遺跡の奥から、かすかな血の匂いをかぎ取っていた。

この遺跡の奥には、間違いなく血を流した何かがいる。

「中だ！　いくぞ！」

「はいっす！」

バッシュとゼルは遺跡の中へと足を踏み入れた。

先程よりもやや慎重だ。ドラゴンがこんな所に逃げ込んだのだとすれば、ただ逃げたのではあるまい。なにかしらの勝算があってのことだろう。

奇襲か罠《わな》か。

ドラゴンが思いつきそうなことなど見当もつかないが、ただただ最速で動けるよう、警戒しつつ二人は奥へと進んでいく。

奥に進むにつれて、血の匂いが濃くなっていく。いる、と確信しつつ、バッシュは匂いの元をたどる。

剣を握った手に力がこもる。もし奇襲であれば、次の瞬間が決着の時となるかもしれない。致命傷を負わせるか、あるいは負わせられるか。

遺跡内を進むと上へと続く階段があった。

やや傾斜がきつめの階段は崩れかけていて上りにくく、見通しも悪い。

こちらが低所で敵が高所。

奇襲がありえそうな横穴があったとしてもよく見えず、不利な状況は否《いな》めない。

否応《いやおう》なく緊張が高まっていく。

やがて階段が終わり、広い空間に出た。

やや暖かい空気がふわりと全身を包み、同時にむわりと、強い血の匂いが嗅覚を刺激した。

空間の奥には、青く光る物体があり、それが光源となって遺跡内に陰影を作り出している。巨大な岩や、柱の残骸らしきものが散乱しており、ドラゴンの巨体であっても隠れる場所には困るまい。

「っ！」

バッシュは何かを察知して、岩の裏にある暗がりへと飛び込んだ。

そして振りかぶった剣をそのまま、敵がいるであろう場所へと叩きつけ——。

「……？」

止めた。

「女？」

バッシュの剣が向いている先にいたのは、一人の女だった。

青白い肌に、白い髪。

頭には二本の大きな角がついている。

服はやや古めかしいが、かなり立派なもので、身分の高さが窺《うかが》える。

しかも、身体《からだ》のラインがわかるピッチリとしたもので、目に嬉《うれ》しかった。

身体はスレンダーで、最近サキュバスの豊満な肉体を見てきたがゆえ、少し貧相にも思えたが、しかし女性らしい美しいラインだ。

顔もいい。やや幼さの残る顔立ちで、気の強そうな印象を受ける。

金色に輝く瞳は大きくパッチリとして美しく、ぷっくりとした唇と、口元から覗《のぞ》くギザギザの歯は実にキュートだ。

ただ、彼女は身体の至る所に傷を負っていた。

パッチリと美しい瞳は片方だけ醜くつぶれているし、首筋についた傷は深いのか、片手を首筋に当てて、はぁはぁと荒い息をついていた。

バッシュを見る目は恐怖のそれだ。

完全に追い詰められた獣のような目をしていた。

彼女はガチガチと歯を鳴らし、両手を己の身を守るように持ち上げつつ、バッシュの剣とバッシュとを、何度も見比べていた。

だがやがてバッシュが動きを止めているのを見て取ると、口を開いた。

「た」

たどたどしい言葉は、まるで言葉を覚えたての子供のようだった。

だが、確かに彼女は言った。

バッシュに恐怖の目を向けながら、怯《おび》えきった様子で。

「たすけて。ころさないで」

なぜこんな所にこんな素晴らしい美女がいるのか。

歴戦の戦士《ウォーリア》であるバッシュも、混乱から抜け出せない。

「あっ」

しかしゼルは違う。

ゼルは彼女の身体に残る傷を見て、ピンと来ていた。

「討伐隊の生き残りっすか！」

「！」

バッシュもハッとなり、その可能性があったかと得心がいく。

ドラゴンを倒すことに夢中になりすぎて、自分の目的を忘れるなど戦士として失格だが、思えばバッシュは戦時中ずっとそうだったのだから仕方がない。

「ドラゴンから撤退し、ここに逃げ込んでいたということか……？」

「違うっす、旦那、ほらこっち！　よく見てくださいっす！」

そう言われ、バッシュはゼルの指差す方向を見た。

すると、そこにはどことなく見覚えのある空間が存在していた。

岩が砕け、壁や天井が焼け焦げ、血が周囲に飛び散っている。

もっと奥を見れば、そこには溶けた岩と、人間が二人ほど通れそうな穴も存在していた。

バッシュたちが入ってきた穴だ。

「ここは、繋《つな》がっていたのか……！」

「どうやら、そうみたいっす」

なんということか。そこは、さきほどバッシュがドラゴンと戦った場所だった。

遺跡はドラゴンの巣へと繋がっていたのだ。

「ならば、先ほどの血の匂いは……」

「さっきの戦いの痕跡、ってことっすか」

ドラゴンはそれを知っていたからこそ、雪に身体をこすりつけることで血の匂いを薄れさせ、濃厚な血の匂いの残るここにバッシュたちを誘導したのだろう。

まさかドラゴンがそんな小細工を……と思う所もあるが、魔獣の中には、そういった行動をとる奴もいる。不思議ではない。

そしてこの討伐隊の女は、ドラゴンに非常食か何かとして確保されていた、ということか。

あるいはドラゴンは、同族がピンチなら助けようとするという人間の習性を知っていて、こういう時のために女を生かしておいたのかもしれない。巣の中に傷だらけの人間を置いておけば、自分が巣から逃げる時に足止めになるから、と……。

ヒューマンが戦争中によくやった手である。

ドラゴンの知能は極めて高いとされる。それぐらいはしても不思議ではない。

どうにせよ、

「逃げられた、ということか……？」

「…………っすね」

ドラゴンに逃げ切られた。

その事実にバッシュの肩から力が抜け、剣先が地面へと下りたのだった。

6. 極上のデーモン女

ドラゴンの巣で見つけた女は、身体をガタガタと震わせながら、バッシュたちを戦々恐々といった視線で見ている。

「可哀《かわい》そうに、すっかり怯えてるっすね……」

「そのようだな」

戦場ではよくあることだ。

特に激戦を運良く生き延びた新兵にありがちだ。

怒号と血と衝撃の中、右隣の奴《やつ》が炎に包まれて死に、左隣の奴の目玉に矢が突き立って死に、前の奴は真っ二つに割られて死に、後ろの奴は気づいた時にはもういない。

もう何がなんだかわからない。

とにかく走り、とにかく隠れ、震えながら見つかりませんようにと祈って生き残ったものの、あまりの恐怖から一歩も動けなくなり、援軍としてやってきた味方にすら怯えてしまうのだ。

勇敢で鈍感なオークですら、たまにそうなる者もいる。もちろん、オークがそんなことになったら臆病者と笑われることになるが、なる者はなる。

バッシュにそうした経験は無いが同期の戦士の一人がそうなったことはある。

泣きべそをかきながら、もう戦いたくないと叫んだ戦士を見たことがある。

最初こそ、バッシュは共にいた仲間たちと一緒に、「オークの戦士にあるまじき臆病者だ」と憤慨したものだ。

しかしバッシュは戦場で長く生きた。

だから同時に知っていることもある。

彼らは戦場に戻った。

泣きべそをかいたからといって戦地から退くことが許される種族ではないが、村の奥で臆病者として処刑されるのではなく、再び敵と戦うことを選んだのだ。

そして戻った戦場で、勇敢に戦って死んだ。

震えながら無様に命乞いをして死ぬのではなく、勇敢に戦って、だ。

だから、目の前の女デーモンに対しても、笑ったり嘲ったりするつもりはなかった。

この女も、しばらく経《た》てば、また元の調子を取り戻し、勇敢に戦うようになるだろう。

歴戦のオークは、皆それを知っている。

だから、怯えてしまった者を臆病と笑うことはあっても、その場でオークの恥だと殺したりはしない。

よくあることなのだ。本当に。

まして相手はドラゴンだ。こうならない方が珍しいだろう。

そんなことより、この怯えた女をどうにかしてモノにする方が大事だ。

そのために来たのだから。

（旦那、チャンスっすよ！　いかにデーモンの女とて、こういう状況なら相手にされないということはないっす！　ここは男らしくいきましょう）

（ああ！）

バッシュは女へと近づいていく。

見れば見るほど美しい女だ。顔や身体つきもそうなのだが、居ずまい……いや、全体から立ち上る気配が、今までの女と一線を画す何かを感じられた。

言い知れぬ気配だ。気品とも違う。魔力とも少し違う。

あえて言うならオーラとでもいうべき何かを、この女は持っていた。

バッシュですら、背中に氷柱をぶちこまれたような寒気を覚えるのだ。

バッシュの中の何かが、この女をものにできればきっとすごいことになると叫んでいた。

（これがデーモン女か……）

今までデーモン女は幾度となく見てきたが、いざものにしようと考えると、ここまで緊張するものか。

だが臆することは無い。千載一遇のチャンスが目の前に転がっているからだ。

逃げたドラゴンのことは気がかりだが、この洞窟に入り、そしていなかった時点で追撃は失敗したのだ。逃げられたのだ。

ドラゴンをさらに追いかけ、当てもなく山をさまよった挙げ句、復活したドラゴンに空から奇襲を受けるよりは、目の前の女を手に入れる方がいい。

まずはこの女を惚《ほ》れさせ、しかる後に洞窟を脱出するのが正しい選択だ。

ドラゴンは倒せなかったが、それが目的ではない。

「た、たすけ、たすけて」

「ドラゴンは必ず殺す」

助けて、助けてと懇願する女デーモンに、バッシュは安心させるようにそう言った。

怯えた者に接する時は、まずこうして頼もしく敵を撃滅する旨《むね》を話すべし。

歴戦の戦士が意気軒昂《いきけんこう》なら、若者も勇気づけられるというものだ。

「俺は前にもドラゴンを殺した事がある。赤い鱗《うろこ》のドラゴンだ」

ヒュッと女の喉が鳴った。

「安心しろ。お前が苦しむことはもうない」

バッシュはじっと相手の目を見る。

これはレッスンいくつだったか。女は男の熱い眼差《まなざ》しを好む。

いつぞや受けたレッスンは、しっかりとバッシュの中に息づいていた。

女はバッシュの瞳を見て、徐々に動悸《どうき》が収まっていく様子を見せ……。

「むっ！」

と、その時、バッシュは視界の隅に、ふと動くものを見つけた。

蜘蛛《くも》だ。身体中にびっしりと毛の生えた、シマ模様の蜘蛛がいた。

雪山といえど、洞窟の中はかなり暖かい。

その上、ドラゴンが生息しているのなら、その排泄《はいせつ》物や老廃物を食う生物がいてもおかしくはない。さらにその生物を捕食する生物がいるのも道理だ。

もちろんバッシュに、そんな生物学的な知識は無い。わかるのは、毛が生えていてシマ模様の蜘蛛は、大抵毒を持っているということだ。

蜘蛛の毒は強い。毒に強いオークですらも、時に二日ほど腹痛に悩まされるほどの猛毒を持っている場合もある。

デーモンは毒にも強いらしいが、こんなに弱っているのなら、あるいはこの女は噛《か》まれて死んでしまうかもしれない。

「ふん！」

ゆえにバッシュは即座に剣を蜘蛛へと叩《たた》きつけた。

蜘蛛は一撃で絶命し、紫色の体液を周囲へと飛び散らせた。

「ピッ！」

何やら変な音が聞こえたが、これでもう安心。

そう思いつつ、女の方を見やると、女の身体《からだ》がぐらりと揺れた。

「……お、おい！」

女はそのまま地面へと倒れた。白目を剝《む》いて、泡を吹いている。

「すでに噛まれていたか!? ゼル！」

「了解っす！」

バッシュの言葉に呼応し、ゼルはいつも通り、怪我人《けがにん》の真上でダンスを踊る。

フェアリー同士でやれば顰蹙《ひんしゅく》を買う行為であるが、怪我人の上でやれば立派な医療行為だ。

女の身体にあっという間に粉が降りつもり、傷が一瞬で癒えていった。ボロボロだった指も、身体中についたひっかき傷も、首筋の大きな傷も、破れていた翼の皮膜も、無残につぶれていた目も、あっという間に綺麗《きれい》になっていく。

ゼルは地面に降りると、女の周囲をぐるりと歩いて回った。

そして、その外傷に蜘蛛のものらしきものが無いと知ると、改めてバッシュの方を振り向いた。

「うーん。噛まれたわけじゃないみたいっす。外傷も多少は深いけど大したことないし、どうやら緊張の糸が切れて眠っただけみたいっすね！」

「そうか！」

バッシュにとっては、ようやく見つけたデーモン美女だ。

シーケンスからも、自分のものにしていいと許可を取っているのだ。

こんな所で死んでもらっては困る。

「これが俺の妻になるのか……」

それにしても、見れば見るほど良《い》い女だ。

サキュバスほど豊満というわけではなく、全体的にスラッとしている。手足は身体に反してやや大きく、ゴツゴツとしており、長く鋭い爪がついていた。激戦をくぐり抜けてきたのか、その爪の何本かは割れていたが……。

髪は最近見てきた女たちの誰とくらべてもボサボサで、手入れがされていない。

デーモンは戦場でも優雅たれという標語でもあるのか、美しい髪をなびかせていることが多かったが……しかし戦場の戦士《ウォーリア》であれば、手入れなどされていない方が当たり前だ。死にかけてなお髪の心配をするような女ではないということだ。しかしながら、腰まで届く長い髪からは、言いしれぬ気品のようなものを感じ取れた。

尻尾も生えている。腰から膝くらいまでの細くて可愛《かわい》らしい尻尾で、リザードマンのそれに近い感じも受けるが、先端にふさふさとした毛が生えていた。

翼もある。サキュバスのそれと似ているが、あれよりもガッシリとしているように見える。飛行能力はデーモンの方が高いのだろう。

と、そこでバッシュにちょっとした疑問が芽生えた。

「デーモンに、こんな翼が生えている氏族などいたか……?」

「うーん、オレっちも、あんまり見覚えないんすよねぇ……?」

ゼルの言葉に、バッシュもうなずいたが、よくよく考えてみると、それも不思議なことではなかった。

「でもオレっち、実はデーモンのこと、あんままじまじと見たこと無いんすよね」

「……確かに。デーモンは俺たちに見られるのを嫌うからな」

デーモンを見ていると必ず言われる言葉がある。

「下等なオークがジロジロ見ているんじゃない」だ。

デーモンはオークやフェアリーを見下しているというのもあるが、恐らく、そもそもあまり見られるのが好きではない種族なのだろう。

種族によっては、相手を長く見つめていると喧嘩《けんか》を売っているとされる種族もいる。

例えばビーストなどもその類《たぐい》だ。

デーモンには特殊な魔眼を持った者も多いし、視線が攻撃的な意思と見られるのは、そうおかしなことではない。

それに、デーモンはバッシュの知る限り、色んな種類がいる。

最も多いのは茶色の肌のレッサーデーモンだが、青い肌や複数の目を持つ上位のデーモンもいる。デーモン貴族となると、家名が同じでも個々人でまったく見た目が違う。

名前の数だけ見た目があると言っても過言ではないほど、デーモンの見た目は多種多様だ。知らない種のデーモンがいたとしても、何ら不思議ではなかった。

なにせバッシュは、デーモンの見た目について詳しくはないのだから。

大事なのは、目の前の女が非常に美しいということだ。

見た目以上に、全身から不思議な魅力とパワーを感じるのだ。

寒気を覚えるほどに。

（……）

シーケンスから許可は貰《もら》っている。

ドラゴン討伐に出た女デーモンは、バッシュのものにしていい。つまり、現時点でこの女は、バッシュのものということだ。長く、苦しい旅が、ようやく報われる日が来たのだ。

バッシュは女へと手を伸ばす。

溜《た》まりに溜まったその獣欲が解放されるのは、まさに今だ。

しかし、その手は女に触れるか触れないかという所で、ピタリと止まった。

「……シーケンスから許可は貰っているが、この女自身の許可は取っていないな」

オークキングによって、他種族との許可なき性交は禁じられている。

シーケンスから許可は取っているから、許可は得ている。

そう言えなくもないが……本当にそうだろうか。

例えばオークキングが誰かに「バッシュを殺してもいい」と言ったとしよう。

その誰かがバッシュに襲いかかったとして、バッシュは大人しく殺されるだろうか。

答えは否だ。

バッシュはオークキングに「死ね」と命じられていないのだから。

逆に、もしその誰かに寝込みを襲われでもしたら、バッシュはオークキングに対し、不信感を抱くだろう。

オークキングがバッシュの名誉を重んじてくれなかったと、そう考えるだろう。

つまりシーケンスの名誉が守られない可能性もある。

なんなら、寝ている間に勝手に性交すれば、それが許可なき性交に該当する可能性もある。

「起きるまで待つか……」

そのことから、バッシュはそう決めた。

なに、起きてから事情を説明すれば、この女も嫌とは言うまい。

デーモンはオーク同様、上位者の命令には絶対服従なのだから。

これほどの上玉を手に入れる機会など、恐らく二度とないだろうから、ここは慎重にいかなければならない。

「連れ帰った方がいいんじゃないっすか？　デーモンは疑《うたぐ》り深《ぶか》いっすから、旦那が許可を貰っていると聞いても、信じないかもしれないっす」

デーモンは疑り深い。シーケンスが許可を与えたと言っても、何を馬鹿なと一蹴するかもしれない。

例もある。忘れようもない、勇者レトを倒した後の出来事だ。ひょんなことからゲディグズの死についてデーモンたちに話す機会があったのだが、事のあらましを説明したら、彼らはそれを一切信じようとしなかったのだ。

お前のような下賤《げせん》な豚が、勇者レトを倒せるはずがない、と。

ましてやゲディグズ様を殺した相手を倒したなどと、誇大妄想もほどほどにしておけ、と。

「む、確かにそうだな」

バッシュはゼルの言葉に頷《うなず》き、女を担《かつ》ぎ上《あ》げ、肩に乗せた。

尻が顔の真横にくると、今までかいだことのないような良い匂いがした。

肌は柔らかく、すべすべとしている。

この女を抱くと考えれば、バッシュのオークの象徴たる部分も、期待感と達成感で天を目指した。まさに有頂天だ。

思えば、オークは皆、己の倒した女を、こうして担ぎ上げて持って帰った。

オークたちは皆、この期待感と達成感と共に生きてきたのだろう。

(戦争が終わった後に、同じ気持ちを味わえる自分は運がいい)

そう思いつつ、バッシュはそのまま洞窟の入り口へと歩いていき、止まった。

「夜が、あけているな」

「……吹雪もやんでるっす。やばいっすね」

山の天気は変わりやすい。

つい先ほどまで吹雪《ふぶ》いていたはずの山の上空には、太陽の光が差し込んできていた。

空はまだ曇っているが、眼下には山々と、麓の雪原が広がっている。

バッシュの歴戦の目をもってすれば、そこになんらかの生物がいれば、すぐにわかるだろう。

「……」

ここを縄張りにするドラゴンであれば、なおのことだ。

明らかな敵を見落としはすまい。

「これでは出られんな……」

バッシュは即座に帰ることを諦めた。

空を飛んでいるドラゴンには勝ち目がない。

せっかく極上の女を手に入れたのに、帰る途中でドラゴンに殺されては何の意味もない。

「どうやら、ここでしばらく待つしかなさそうだ」

「そうみたいっすね……」

空を見上げながら、ゼルもそう言った。

「せめて、また吹雪いてくるまで待つか」

焦《あせ》ることはない。山の天気は変わりやすい。また吹雪いてくるのを待ってから、帰還すればよいだけの話だ。

念のため、女に食わせるだけの食料は持ってきている。

オークは食欲旺盛な種族だが、長いこと食べなくても死にはしないし、いざとなればバッシュの分の食料を女に与えればいいだろう。

そして、もしドラゴンが戻ってくるようなら、今度こそトドメを刺せばいい。

この洞窟の中で戦う以上、バッシュは負けないだろう。

「それにしても、ようやく俺にも妻ができるか……」

「その事なんすけど旦那」

「なんだ?」

ゼルは妖精の中でも、特に先を見据えることのできるタイプだ。

三日後のオヤツまで考慮にいれて、その日の食事を取ることができるのだ。

「デーモンの女はプライドが高いっすよね」

「そうだな」

「オレっちの予測だと、せっかく妻にしても、言う事なんて全然聞いてくれないかもしれないっす。それどころか、旦那に助けられたことなんてすぐに忘れて、国に帰ってしまうかも……妻にはなった、結婚はしてやったぞ。しかし子供を産むとまでは言ってない！　離婚だ馬鹿が！　とかなんとかいって！」

「そんな馬鹿な……いや、そうかもしれん」

思えば、デーモンはいつもそうだった。

デーモンの部隊が劣勢と見て、援軍に駆けつけた時は歓声を上げてくれる。戦いの最中には「助かった！」「オークもやるではないか！」と叫ぶくせに、戦闘が終わって一段落つくと、そんな事実はなかったかのように振る舞うのだ。

「ご苦労」と当然のように言うならマシで、「こんなに遅くなるまで何をしていた？」と叱責されることも多々あった。それを考えれば、デーモン女が妻の責務を放棄して逃げ出したとしても、おかしくはない。

「デーモン女をちゃんとした妻にしたいなら、対等にならなきゃいけないっす！」

「デーモンと対等、か……」

この女も、今は怯《おび》えているようだが、すぐにバッシュを見下し始めるかもしれない。

そうなれば、会話などできようはずもない。

となれば、やはり弱っている時にこそ、関係を築くべきではなかろうか。

デーモンという種族は、弱っている時だけは、こちらの話を聞いてくれるのだから。

「そんなことができると思うか?」

「できなくてもやるっす! 大体、これはチャンスっすよ! このデーモン女が弱っている今のうちに、旦那の男らしい所を見せて、惚《ほ》れさせるっす! 旦那が助けた! 女は助けられた! 旦那は強い! 女は弱い! デーモンは偉いかもしれないっすけど、自分と旦那だけは対等だって、思い知らせるっす!」

「ふむ……なるほどな」

「さ、この女が起きる前に、作戦を考えるっすよ!」

「ああ!」

こうして、二人は眠る女を前に、作戦会議を始めるのだった。

7.『目』

現在、ヴァストニア大陸でドラゴンについて知られているのは、以下の通りである。
・ドラゴンという生物は、どの種族よりも圧倒的に強い。
・ドラゴンという生物は、エルフよりも長く生きる。
・ドラゴンという生物は、どこでも生きられる。暖かい所が好きな個体は火山で、寒い所が好きな個体は雪山で、海の底や、毒の沼に住む個体もいる。
・ドラゴンという生物は、あらゆる攻撃を防ぐ硬い鱗《うろこ》に守られている。
・ドラゴンという生物は、あらゆるものを切り裂く硬い牙と爪を持っている。
・ドラゴンという生物は、あらゆるものを飲み下して消化する胃を持っている。
・ドラゴンという生物は、何者をも追える翼で空を自由に飛ぶ。
・ドラゴンという生物は、あらゆる物体を溶かす高温のブレスを吐ける。
・ドラゴンという生物は、満腹の時は他の生物を襲わないこともある。
・ドラゴンという生物は、あらゆる魔獣の中で最も知能が高い。
あるいはドラゴンと長く交流を持っていたとされるヒューマンの賢者であるなら、もう少しドラゴンについて詳しいかもしれない。

だが、そんな賢者とて、交流を持っていたドラゴンは一匹にすぎず、一個体の個性を知っているにすぎない。

ヴァストニア大陸の生物は、獰猛《どうもう》な獣から臆病な鼠《ねずみ》に至るまで、全てドラゴンを恐れている。ドラゴンを忌避し、近づかないように生きている。

それは人間とて例外ではない。

さて、そんなドラゴンだが、現在ヴァストニア大陸には、一匹だけ住み着いている。

かつてはもっと遠くの大陸に住んでいたソレは、戦争の最中、大陸へと渡ってきた。

ドラゴンに名など無いが、そいつは他のドラゴンからは『目』と呼ばれていた。

なぜそう呼ばれるようになったかなど、『目』自身も憶《おぼ》えていない。

とはいえ、おおかた他のドラゴンよりも目がよくて、遠くの獲物もよく見つけるからとか、そんな理由だろう。

ドラゴンの名付けなど、そのようなものだ。

『目』は、よくいる普通のドラゴンだ。

長寿で、寒い所を好み、硬い鱗と牙と爪と翼を持っていて、他の生物を餌としか思っていない。よくいるドラゴンとして生まれ、よくいるドラゴンとして生きてきた。

普通の、あらゆる生物に恐怖される最強の生物だ。

そんな『目』が人間に興味を持ったのは、友である『骨』の存在がきっかけだった。

『骨』は変なドラゴンだった。

人間にやたらと興味を持っていたし、話好きだった。

『目』は『骨』の話をよく聞く立場だったが、『骨』の話は面白かったし、聞いていると楽しかった。

きっと『目』は『骨』のことが好きだったのだろう。

なにせ人間にはこれっぽっちも興味がなかったのに、人間の話をする『骨』を見ていると、心なしか嬉《うれ》しい気持ちになったのだから。

そんな変わり者は、ある日小さな人間に連れられてどこかへと行き、文字通り骨となって帰ってきた。

死んだのだ。

『骨』が死んだ時、『目』はとても悲しんだ。

悲しい感情を抑えられず、強い殺意をもって元凶となった人間たちを殺して食べて回った。

その悲しみと殺意が薄まってきた頃、『目』は疑問を覚えた。

『骨』はどうして人間にあれほど興味を持っていたんだろう。

人間の何が面白かったんだろう。

そう、人間に興味を持ったのだ。

とはいえ、人間を観察しようと近づくと、人間は攻撃してきた。

『目』に殺すつもりが無くとも、人間はすでに何百と殺されていたから、当たり前だろう。

だから結局、焼いて食うことになった。

捕まえて弄んでみたこともあるが、特に面白いことはなかった。『骨』がどうして人間に固執したのか、さっぱりわからなかった。

『目』は落胆すると同時に、辟易《へきえき》した。

なにせ、人間は『目』にかないもしないのに、毎日のように嫌がらせをしてきたからだ。

食べ物を取るために狩りをしていたら攻撃してくるし、仲直りのために食料を差し出してきたかと思ったらやたら苦いし、苦い味に顔をしかめていたら変な網をかぶせて来る。

そのたびに殺してやったし、怯えさせるために住処《すみか》を火であぶってやったが、嫌がらせはやまなかった。

最近は巣にまで潜り込んでくる始末だ。

もう人間はいいから巣の位置を変えようかな。

でもいなくなったら逃げたと思われるかもしれない。それはしゃくだ。

とはいえ、人間の巣を殲滅《せんめつ》するのは面倒くさい。あいつらはすぐ奥の方に隠れるから。

どうしようか……。

そう思っていた矢先のことだった。

緑色の人間が巣に侵入してきたのは。

■

ドラゴンは最強の生物だ。

ゆえに『目』は生まれてから今まで、一度たりとも『危機感』というものを覚えたことはない。

それは『目』に限ったことではない。

ほとんどのドラゴンは、死ぬまでに一度たりとも危機感を覚えることなど無い。

鱗はあらゆる攻撃から身を守ってくれるし、強靱《きょうじん》な胃袋は毒だって飲み干せる。

命が危機にさらされることなど無いのだ。

あるとしても、せいぜい仲間内で縄張り争いをする時ぐらいか。

ドラゴン同士であれば、お互いの攻撃で傷ついてしまうから。

とはいえ、ドラゴンが互いの縄張りに入り込むことはまずないし、あったとしても死ぬまで戦うこともあまりない。

大抵は、その長い生涯を最強として君臨し続けた後、寿命で死ぬ。

だからその緑色の人間が這入《はい》ってきた時も、『目』はこう軽く考えた。

（また来たよ……）

とはいえ一匹程度なら、どうでもいい。

細い通路にいる時に、ブレスを吐けばおしまいだ。

そう、信じ難《がた》い事に、人間はいつのまにか『目』の巣に小さな入り口を作っていたのだ。

巣の裏側からその通路を通って侵入してきて、『目』の寝込みを襲ったのだ。

ただ、そいつらは『目』が起きて暴れると、鼠みたいに大慌てで散り散りになり、見覚えのない細い通路に逃げ込んでいった。

そして、そこにブレスを吹き込んだだけで、半分以上が死んだ。

何人かは生きていて、細い通路から外に逃げていったが、追いかけて、焼き殺してやった。実に面倒だった。

だから、緑色の人間がブレスを吐いた後に生きていたとしても、不思議ではないと思っていた。だって前は半分ぐらい生きてたのだから。

でもどうせ、前のように、細い通路をチョロチョロと逃げて戻っていくのだろう。

そうでなければもう一度吹き込んでやればいい。

そう思いながら覗《のぞ》き込んで……。


いきなり片目を潰された。


混乱した。何がどうなったのかわからなかった。

ただ片目が熱く、鋭い痛みが全身を駆け巡った。

そして狭くなった視界から、緑色の人間が巣まで入り込んできたのがわかった。

こいつがやったんだと、すぐにわかった。

「ギャアオオオオァァァァァ！」

怒りにまかせて声を上げるのは、いつぶりだろうか。

こうして叫べば、あらゆる生物が恐慌《きょうこう》にかられ、逃げ惑った。

「グラアアァァァァオオオゥゥ！」

間髪容《い》れずに雄叫《おたけ》びが返ってきた。

ビクリと、自分の身体《からだ》が震えたのがわかった。

見下ろせば、緑色のヤツが剣を構えていた。

こいつはやる気だ。生意気にも、こんなに小さい奴《やつ》が、この自分と。

……なんで？

そんな戸惑いは、すぐに怒りへと変わった。

「ギャオアァァ！」

いつもより足に力を込め、溜《た》め、飛び上がり、右腕を振り上げて、緑色の奴へと振り下ろした。

そして聞いたことのない音を聞いた。

カッキィィン！

その音を聞くと同時に、自分が転んでいることに気づいた。

すぐさま立ち上がると、指先に痛みを感じた。何百年も割れていなかった爪が割れて、血が流れていることに気づいた。

（あれ？）

「なにかおかしいな」という予感はあった。

だが、長年の経験が、その考えを否定した。だって自分が、ドラゴンが、こんな人間一匹にやられるはずが無いのだ。そんなことは今までになかったし、想像もしてこなかった。

だから思い至らない。自分が今、危機に瀕《ひん》しているということに。

でも十数分後、ようやく気づいた。

（……勝てない？）

たった十数分で、身体はボロボロになっていた。

爪も牙も叩《たた》きおられ、ブレスの吐き過ぎで喉がジンジン痛み、身体中の鱗《うろこ》は剝げ、首筋には大きな傷がつき、周囲に流れた血は、身体から力を奪っていた。

小さな緑色の人間は圧倒的だった。

こちらの攻撃は全て対処され、爪も牙も鱗も砕いてきた。

そして今、見たこともないような怖い顔で、こちらを睨《にら》みつけている。

（殺される……？）

それは、ドラゴンに僅かに残された本能だった。

あらゆる生物が備えている、生存本能。生まれてこのかた一度たりとも感じたことのない、『危機感』。

それに全身を支配された時……。

「……えっ？」

『目』は、逃げ出していた。

「逃がすな！　追え！」

緑色の人間が追ってくる。もっと小さい、光る人間も一緒だ。

すごい速度だ。すごい形相だ。すごい殺気だ。

当たり前だ。こいつは自分を殺しにきたんだ。逃がす理由なんかない。

『目』は逃げる。

ブレスを吐きすぎたせいか、胸のあたりが痛い。怪我《けが》のせいか、うまく走れない。

巣の外に出て、翼を広げても、飛ぶことすらできない。先ほどの戦いで翼に穴をあけられていた。斜面を転がり落ちるように逃げるしかない。でも動けないよりはいい。

なんでもいいから逃げて、逃げて、逃げて……。

ある場所で『目』は足を止めた。

気づけば、巣の裏口の前だった。

今、自分は飛べない。でもこれ以上落ちれば、隠れる場所がなくなる。

だから、『目』は最後の賭けに出ることにした。

ドラゴンには、他の生物が知らない、最後の手段が残されている。

ドラゴンの中でも、見たことや使ったことがある者は少ない。その最後の手段は、まず一生の内に一度も使うことが無いとされているからだ。

使うこと自体が恥だと言うドラゴンもいる。

少なくとも『目』は、自分が使うことは無いと思っていた。

だがその使い方だけは知っている。

誰に教わったわけでもないが、本能が知っている。

■

その魔法について知る者は、大陸中を探してもいないだろう。

ドラゴンにとってすら秘匿とされる魔法で、ドラゴンの中でも「あの魔法」や「あれ」と名称が定まっていない。

その魔法に名前を付けたのは、ある一人のヒューマンだ。

そのヒューマンはドラゴンと深い親交を持っており、後にヒューマンの間では賢者と呼ばれる男だった。

その賢者は、一匹のドラゴンからその秘匿を教えてもらい、『ニュート』と名付けた。

しかし、『ニュート』がどんな魔法であるかを、決して語らなかったという。

ゆえに、誰も『ニュート』を知らない。

「ハァ……ハァ……」

『ニュート』を使った『目』は、裏口から洞窟へと入り、そのまま元の巣に戻ってきた。

そして、洞窟の隅で震えながら、緑の奴が雪山で彷徨《さまよ》ってくれるのを祈った。

逃げるのがヘタクソだと言われればその通りだろうが、逃げ上手なドラゴンなど存在しない。

『目』も何かから逃げたのは、これが初めてだった。

「ヒッ……」

そして、『目』はしばらくしてやってきた緑の人間を見て絶望した。

緑の人間は、すぐに『目』を見つけ出し、剣を振り下ろしてきた。

死んだと、そう思った。

「……女？」

しかし、緑の人間は止まった。

『ニュート』が効いた！

そう思った『目』は、精一杯の心を込めて、あまり知らない人間の言葉を発した。

「たすけて。ころさないで」

この数年で、一番聞いた言葉。

その言葉の意味も、もちろん理解していた。練習はしていなかったが、すんなりと口から出た。これも『ニュート』の力だろう。

「討伐隊の生き残りっすか！」

『ニュート』は、己の身体を別の種族へと変化させる。

生殖すら可能とする、完璧な身体変化。

太古の昔、絶滅寸前だったドラゴンが、種を存続させるために編み出したとされる秘術。

現在は、他種族に負けかけたドラゴンが命乞いをする際、同じ姿になって同情を誘うために使われるとされる、敗北者の魔法。

その魔法のことを知る者は、いない。

だが、この伝承は誰もが知っている。

幻の種族『ドラゴニュート』。

■

「可哀《かわい》そうに、すっかり怯《おび》えてるっすね」

「そのようだな」

人間たちは、『ニュート』を使った『目』を見て、自分と同じ種族だと思い込んでいるようだった。

どうやら、『ニュート』の魔法はうまく使えていたらしい。

あんなバレバレな状況で自分がドラゴンだと気づかないとは、馬鹿な人間だ。

そんな風に思ってホッとしつつ、生き延びるために口を開く。

人間の言葉をうまくしゃべる自信はない。でもこういう時、何を言うのかは知っている。

『目』はここ数年で、それを何度も聞いてきたからだ。

「た、たすけ、たすけて」

ちゃんと言えてると、そう思う。

それを聞いた緑色の人間は、『目』の隣にどかりと腰をおろし、自信に満《み》ち溢《あふ》れた様子でこう言った。

「ドラゴンは必ず殺す」

殺気に満ち溢れた言葉に、『目』の全身に怖気《おじけ》が走る。

思わず次の言葉を呑《の》み、身体を縮こまらせる。

もしかして、バレてる?

「俺は前にもドラゴンを殺した事がある。赤い鱗のドラゴンだ」

ダメだ。絶対バレてる。動悸《どうき》が激しくなる。心臓が張り裂けそうなほどに脈打っている。

胸が痛い。ああ、人間の心臓はなんでこんなに弱そうなのだろうか。

考えてみれば、気づかないわけがない。

自分だって、人間が逃げだして、雪原で岩陰とかに隠れていても、血の匂いとかで気づくんだから。

馬鹿は自分だ。見た目だけ変えた所で、どうしてバレないと思ったのだろうか。

でも、じゃあなんですぐに殺さないいんだろうか。

「安心しろ。お前が苦しむことはもうない」

そこで『目』はハッと気付く。

そうだ。『ニュート』は姿をくらまして騙《だま》す魔法ではない。

同じ姿になって同情を誘うための魔法なのだ。つまり、正体はバレているけど、『ニュート』は効いているということだろうか。命ばかりは助けてくれるのだろうか。

そう思った次の瞬間。

「ふんっ！」

緑色の人間の剣が振られた。

『目』の鱗を砕き、爪と牙をボロボロにし、翼に穴をあけ、心まで叩き折った剣が。

恐怖の対象が。死の象徴が。

無情にも。

「ピッ！」

グチャリという音と同時に、衝撃が『目』を襲う。

『目』は、己の情けない断末魔を聞きながら、意識を失ったのだった。

8.『目』と『骨』

パチリと『目』は目を覚ました。

（あれ？　死んでない……？）

自分は死んだはずだった。あの緑色の人間の剣が『目』の首を刎《は》ねたはずだ。

『ニュート』を使った身体は、ドラゴンよりも脆弱《ぜいじゃく》だ。

死なないはずはない。

（あれ？　傷も治ってる？）

見れば、傷だらけだった身体が綺麗《きれい》になっていた。

爪はまだボロボロだが、指先の傷も翼の穴もなくなっている。それどころか、潰された目も首の傷も治っていた。

（……夢だった？）

怖い夢だった。

巣にいきなり緑色の人間がやってきて、『目』をぼこぼこにし、殺そうと迫ってくる夢だ。最後には追い詰められ、剣を振り下ろされてトドメをさされた。

恐ろしい人間だった。ああ、思い出しただけで動悸が……。

恥ずかしいことに、寝ぼけて『ニュート』まで使ってしまったらしい。こんな事は初めてだ。

とはいえ、目覚めてみると、なんてことはない夢だ。

だって、あんな人間、いるはずがないんだから。

「む、目を覚ましたか」

「ピッ！」

その声に、『目』は変な声を上げげつつ身体を硬直させる。

気がつけば、目の前にいた。

緑色の人間だ！　夢じゃない！

「寒くはないか？　腹は減っていないか？　水は飲むだろう？」

緑色の人間は、硬直した『目』のすぐ目の前にしゃがみこむと、『目』を己の身につけていた毛皮で優しくつつみ、ぬるい水と食べ物らしきものまで差し出してきた。

『目』は混乱しつつ、食料と、緑色の人間を交互に見た。

どうすればいいかわからなかった。

「食べないのか？」

しかしその言葉で、『目』は即座に食べ物にかぶりついた。

言う事を聞かなければ殺されると、そう思ったからかもしれない。

「……」

緑色の人間に睨まれながらの食事は、思いの外、美味《おい》しかった。

腹が減っていたからだろうか、『目』は一瞬で食料を食べつくした。

ドラゴンであれば物足りない量だが、『ニュート』で小さくなった身体には十分だった。

（……なんで？）

しかし疑問は残る。

なぜ、この緑色の人間は、殺すと言った相手に食料を分け与えているのだろうか。

（もしかして、バレていない……？）

あるいは、やはり『ニュート』の魔法はうまく使えていたということだろうか。

先ほどの剣は、自分ではなく、別の何かを捉えていたのだろうか。

自分はそれに怯えて気絶しただけで、殺すつもりではなかったのだろうか。

そんな風に思った矢先、緑色の人間は、『目』の目の前にどかりと腰をおろし、自信に満ち溢れた様子で口を開いた。

「ドラゴンは必ず殺す」

もう一度、ここからやりなおすぞと言わんばかりの言葉。

気絶する前に聞いたのと同じ言葉に、『目』の全身に震えが走った。

「俺はドラゴンが爪を繰り出せば、爪を叩《たた》き折る。ドラゴンが牙を繰り出せば、鼻面《はなづら》を砕く。ドラゴンがブレスを吐くのであれば、背後へと回り翼を切り裂くだろう」

緑色の人間は、ドラゴンをどう殺すのか、事細かに説明してくれた。

こうきたらこう、ああきたらこう、もしドラゴンがこうするようなら俺はこうする。

そして、最後には首を叩き落とす、と。

妄想めいた戦いの想像は、身の程しらずな若者がよくやるやつだ。

ドラゴンを一度でも見たことのある人間がそれを聞けば、鼻で笑うだろう。

ドラゴン当人である『目』だって、小さな人間が目の前でそんなことを言い出したら、鼻で笑っただろう。やれるもんならやってみろと言わんばかりに、人間を爪で引き裂き、牙で噛《か》み砕《くだ》き、ブレスで燃やし尽くしてみせただろう。

それが、緑色の人間の口から出たものでなければ、だ。

この人間の言った内容には、『目』も憶《おぼ》えがあった。

つい先程の戦いでは、まさにこの人間が言う通りのことが起きたのだ。

爪を繰り出せば爪を砕かれ、牙を繰り出せば鼻をえぐられ、ブレスを吹けば背後に回られ、翼に穴があけられた。

笑えるはずもない。

なにせ緑色の人間が言っていることの大半は、すでにやったことだからだ。

『目』が多少戦い方を変えた所で、それに対応してくるに違いない。

「今度は間違いなく首を落とす」

緑色の人間は、『目』を睨《にら》みつけながら、そう言う。

まさに射殺さんばかりに。

『目』も、あの場から逃げ出さなければ、そうなっていただろうという確信があった。

首を斬られた時の、あのぞっとする感触は、まだ鮮明に思い出せるのだから。

（でも、なんでこんな事を……やっぱり、まだバレてない？）

『目』がそう思った瞬間、緑色の人間はギラリと牙を見せつけながら言った。

「今度は逃さん、どこまでも追い詰めて殺してやる」

（いや絶対バレてる！）

『目』は己の身体が、己の意思に反して震えだすのを感じ取った。

言葉に、決意がにじみ出ていた。実際、『目』はいとも簡単に殺されかけたし、今まさに追い詰められている。

この緑色の人間はやるだろう。できるのだから。

別の大陸にある古巣に飛んで逃げても、きっとこの緑色の人間は追いかけてくるだろう。

なぜそこまでの決意をみなぎらせているのかは、まったくわからないが……。

いや、心当たりはあった。

『目』は、友人である『骨』が死んだ時は、悲しみと怒りにかられて、人間を殺しまくった。同じドラゴンに対する仲間意識の薄い『目』ですらそうなのだ。群れで行動する人間からすると、怒って当然なのだ。

『目』からすればひと吹きいくらで死んでいく人間も、人間たちにとっては大事な仲間なのだから。

(でも、なんですぐに殺さない……?)

『目』は困惑で頭が混乱してきた。

緑色の人間は、おそらく『目』が先ほど戦ったドラゴンだと知っているはずだ。

『ニュート』を使って、小さな人間と同じ姿になったと知っているはずだ。

でなければ、わざわざこんな殺意をまき散らしながら殺すと宣言する必要なんてないのだから。

(なんで……なんで……?)

すぐに殺さない理由はまったくわからないが、少なくとも、最後には殺されるだろう。

『目』の生存本能が、状況を打破すべく、脳をフル回転させはじめる。

（なんとか、なんとかしないと……死にたくない……）

生き延びるためには、なんとかしてこの緑色の人間にどこかに行ってもらわなければならない。でもこの緑色の人間は、『目』を絶対に殺すつもりでいるらしい。

となれば、なんとか説得して自分の命を諦めてもらわなければならない。

（どうやって……？）

人間の会話を満足にできない『目』が説得？

そもそも、なんですぐ殺さないのかもわからないのに？

ドラゴンは高い知能を持っている。幸いにして、『目』は『骨』という友人がいたおかげで、人間の言葉を理解することもできた。

少しだけなら、話すこともできるだろう。でも、会話の機微にまで詳しいわけではない。

説得なんて高度なこと、できようはずもない。

だがそれでもやらなければいけない。

しかし、説得に失敗すれば、緑色の人間の言葉通りの結末を迎えることになるはずだ。

あるいは気に障《さわ》るようなことを言っただけでも……。

（無理ぃ……）

戦えない、逃げられない、説得もできない。

となればもはや、震えながらうつむくしかない。

どうか、どうか命ばかりは助けてください、もし自分の正体に気づいていないのなら、そのまま気づかないでこの場から去ってください。

そう祈りながら黙りこくっていると、緑色の人間が言った。

「言っておくが、俺は前にもドラゴンを殺したことがある。ここのドラゴンも同じように殺してやる」

「ッ！」

もしかすると、この緑色の人間は、全てわかった上で嬲《なぶ》ろうとしているのかもしれない。

『目』の正体も、どうしてこんな姿なのかも……。

ドラゴンの無様な姿を、より長く楽しもうとしているのかもしれない。

前に『骨』にそういう人間がいると聞いたことがあった。

それを聞いて、試しに昼食の鹿を弄んでみたら、結構楽しかったのも憶えている。

それを思い出した時、『目』の全身は恐怖に支配された。結局、自分に生き延びる道など無く、死ぬしかないのだ。だって自分は、弄んだ獲物を、一度だって逃がしたことは無いのだから。

だが、そこでふと、思考の片隅に、緑色の人間の言葉が引っかかった。

そういえば、気絶する前にも言っていた。

「……まえにも？」

恐怖に喉が震えるが、人間になったせいか、人間の言葉をより簡単に口に出せた。

寒気のする強烈な視線が、自分に降り注いだのがわかった。

ちらりと緑色の人間を見やる。

自分が小さくなったせいか、それとも『ニュート』で人間になったせいか、その顔は伝説の悪竜のような、恐ろしい風貌に見えた。

でも、何も怒らせるようなことは言っていないはずだ。

「ああ、そうだ。俺は、前にもドラゴンを殺した」

ギラリと、緑色の人間の牙が光る。

あの牙で食い殺したのだろうかと一瞬思ったが、そんなはずはない。

背中に背負った剣のほうだ。間違いなく。

「ど、どうやって？」

そう聞くと、緑色の人間は、隣の小さな人間と目配せをした。

小さな人間はそれに応え、コクリと頷《うなず》いた。

とっくに自分の正体はバレていて、緑色の人間は自分を殺そうとしているのかもしれない。

(……コイツか？)

死ぬのは怖い。ドラゴンなら、皆怖いだろう。

自分が死ぬなんて、生きていて一度も考えることなど無いのだ。

突然やってきた死が眼前に迫っていると知ったら、どんなドラゴンだって恐怖に竦《すく》むだろう。

(コイツが、『骨』を殺した？)

だがそれでも、知りたいという気持ちが勝った。いや、だからこそというべきかもしれない。死ぬのなら、せめて知りたいことを知ってから、死にたいと。

「レミアム高地でのことだ」

そして、緑色の人間は語りだす。

コホンと咳払《せきばら》いし、少しだけ口調と声音を変えて。

「あの時、俺は、オーク軍の先鋒《せんぽう》として戦に参加していた。一番槍《いちばんやり》だ。もっとも、あの場にいたオークなら口を揃《そろ》えて、自分こそが本当の一番槍だった、と言うだろう。それほどの激戦だった。生き残っただけで誇れるほどのな」

ちなみに『目』は知らないことであるが、レミアム高地の決戦において、最初に敵軍とぶつかったオークの生き残りは、絶対に己を一番槍だと喧伝《けんでん》しない。

誰が一番に敵陣に突撃したのか、本当の一番槍は誰なのか、誰が一番最初に大物の敵の首を取ったのか、その場にいた者なら知っているからだ。

一番槍だと喧伝するオークは、その場にいなかった者か、もしくは本当の一番槍だった者だけなのだ。

「俺たちは優勢だった。またたく間にヒューマンの軍勢を押し潰し、遠く見える王族の旗に向かって進軍していた。最初に現れた男は『慈悲の騎士』ゲイリッド・ベックル」

「『慈悲の騎士』と言えば、捕虜を取らないことで有名な奴《やつ》っす！　眼《め》の前《まえ》に現れた敵は、どんな奴であろうと皆殺しにする、ホンモノの殺人狂っすね！　デーモンならご存じかと思うっすけど、こいつに殺された戦士《ウォーリア》は数知れないっす！」

「そうだな。だが、馬までそうではなかった。俺がウォークライを上げると、奴の馬は怯《おび》え立ち上がった。奴もさるもの、その反動を利用するように上から俺に襲いかかってきた！　俺は剣を振り上げ、迎え撃つ！」

「ど、どうなったんすか⁉」

「真っ二つだ」

「当然っすよね！　どんな鎧《よろい》自慢でも、旦那の剣にかかれば上半身と下半身がお別れってわけっすか！」

「何を勘違いしている？」

「えっ」

「右と左に分かれたに決まっているだろう」

「ヒュー！」

『目』は、その話を聞いて、首をかしげた。

（あれ、『骨』の話だと思ったのに、『骨』が出てこない）

それどころか、ドラゴンすら出てこない。

人間同士の小競《こぜ》り合《あ》いの話だ。

「ドラゴン、は？」

「ちょちょちょちょちょぉ！　あんまり焦《あせ》っちゃダメっすよ！　レミアム高地の決戦といえば、まずはオークとヒューマンのぶつかり合いからっすよ！　もう名のあるヒューマンばっかり出てくるんだから、まずはそれを楽しむっす！　話には順序ってものがあるっす！　順序！　もー、わかってないんだから！」

「？？？」

『目』にとってはよくわからない話である。

だが、どちらにしろ『目』に話を止める理由など無い。

もしかすると、意味のある話なのかもしれない。『骨』も色んな話をしてくれたが、前置きがなければわからない話もあったし、きっとそれだろう。

「……わかった」

「よしよし、じゃあ謹聴するっす！　ささ、旦那、どうぞ続きを話してくださいっす！」

「ああ、ゲイリッドを倒した俺は――」

こうして、バッシュがひたすら自慢話を語る時間が始まった。

もしここに若いオークたちがいたら、誰もが羨む至福の時間が。

ドラゴンにとっては、生まれて初めての、奇妙な時間が。

◆

ドラゴンは数十年に一度、一つの卵を産む。

卵から生まれた子供は、空を飛べるようになるまで母竜に育てられる。

『目』が『骨』と出会ったのは、『目』が飛べるようになってすぐの頃。

巣立ちを終え、母竜と別れ、右も左もわからなかった頃の事だ。

『目』は、行く当てもなかったが、ドラゴンらしく意気揚々と空を飛んでいた。

ドラゴンはそうして空を飛び、飛び飽きたり、居心地のいい場所を見つけたら、そこに巣を作るものだ。

誰に教えられずとも、本能でそうする。

『目』も例外なく、居心地のいい場所を見つけ、そこを巣にしようと考えた。

だが、あるドラゴンにとって居心地のいい場所というのは、他のドラゴンにとっても居心地がいい場所でもある。

『目』が巣にしようと思った場所は、『骨』の縄張りだった。

ドラゴンは縄張り意識の強い生物だ。

本来であれば、他のドラゴンの縄張りに入る前に、その痕跡を見つけ、そこを避ける。

まだまだ幼かった『目』は、それに気づかなかった。

それがゆえに起きた事故と言える。

ドラゴンの、特に若い竜が、わりと頻繁に起こす事故だ。

ドラゴンが他竜の縄張りに入り込んだ場合、二種類のパターンがあり得る。

一つは縄張り争いになるパターンだ。喧嘩《けんか》が始まり、勝った方がその一帯を支配する。

もう一つは、番《ツガイ》となるパターンだ。

ドラゴン同士が異性だった場合、しばらく一緒に住み、子供を作るのだ。

子作りが終わった場合、雄が縄張りから出ていく。

その二種類しかない。

だが『目』が『骨』の縄張りに入り込んだ時、そのどちらのパターンも起こらなかった。

なんと『骨』は己の縄張りに入り込んだ愚かな若者に対し、挨拶をしにきたのだ。

喧嘩腰《けんかごし》ではなく、物腰柔らかに。

「前々からこのあたりに住んでいる者だ。仲良くしよう」と。

何も知らぬ『目』は、それを聞いて「はい、よろしくお願いします」とばかりに挨拶を返した。そういうものだと思ったのだ。あるいは『目』が敵対的な行動をとらなかったから、『骨』も拍子抜けしただけなのかもしれないが。

ともあれ、それから二匹はしばらく共同生活を送った。

『骨』は『目』にちょくちょく会いに来た。

時に食料を持って、時に手ぶらで。

飛んでくることが多かったが、たまに地上から来た。ただ一つ共通していたのは、『目』の所にきた『骨』は、何かしらの話をしていったということだ。

それは『骨』が好きな人間の話であったり、ドラゴンの生活の知恵であったり……。

人間の社会でいう所の、世間話というものであったが、『目』にとっては生きるための知識の宝庫だった。

『目』は、本来なら数百年掛けて独学で知っていくドラゴンの常識を、『骨』から学んだのだ。

『骨』は常識ばかりでなく、色んなことを教えてくれた。

他の生物のことや、人間の話、世界各地に点在する不思議な物体の話……。

きっと他のドラゴンが知らないことを、たくさん知っていたのだろう。

『骨』は好奇心の強いドラゴンだったから。

もっとも『目』は、それを話半分にしか聞いていなかった。

大半は興味がなかったからだ。

ただ、『骨』のことは好きだった。気が向いたら逆に自分から『骨』の所に遊びに行ったり、『骨』がいつ来てもいいように、巣にスペースを作っておくぐらいには。

母や番とは違うが、人間でいう所の家族に近い感情を向けていたのは間違いない。

歳《とし》の離れた姉や従姉《いとこ》、叔母のようなものであっただろうか。

そんな『骨』は、ある日死んだ。

あっさりと。殺された。

ちっぽけな人間なんかに。

『目』は悲しみと怒りに支配された。

人間なんか殺し尽くしてやろうと思った。

特に『骨』を殺した人間を見つけたら、念入りにいたぶってやろうと思っていた。

生まれてきてから一度も感じたことのない、強い殺意があった。

それぐらい、『目』は『骨』が死んだ時に悲しんだのだ。

所構わず人間を見つけては襲いかかるぐらいに。

それは復讐《ふくしゅう》にも見えるが……結局の所、ただの憂《う》さ晴《ば》らしだったのだろう。

憂さ晴らしは、すぐに飽きた。

別に人間を殺した所で『骨』が帰ってくるわけでもないし、そもそも人間の大半は、

『骨』のことなんか知らないみたいだし、あと人間がしつこくやり返してくるのが、面倒だったからというのもある。

ただ、興味だけは死んでいなかった。

そう、興味を持ったのだ。

人間全体にではない。

『骨』を殺した人間に対してだ。
捜していたわけではないが、見つかるとも思っていなかった。
しかし、今日見つかった。
見つかったと思ったら、自慢げに『骨』を殺した話をするという。
『目』はその話を聞いた自分がどんな感情になるのか、想像もつかなかった。

9．プロポーズ

「奴《やつ》が姿を現した時、俺は『黒小頭』のバーミンガムと相対した所だった」

「誰かが言ったのだ。見ろ、上だと」

「見上げると、そこには威容があった。赤い鱗《うろこ》を煌《きら》めかせ、炎と恐怖と死を撒《ま》き散らしながら飛び回るドラゴンだ」

「いかに勇敢なオークたちであっても、それを見て恐怖に身をすくませぬ者はいない。俺とて例外ではなかった。敵を前にして足がすくんだのは、新兵の時以来の出来事だ」

「逃げようとしたのかもしれん。あんなものに勝てるわけがないと。だが気づいた時には、俺は地面に倒れていた。ドラゴンのブレスの近くには、目に見えぬ毒か何かが撒き散らされるのだ」

「俺は死んだと思った。死ぬとはこういうことか、まだ死ぬわけにはいかない、戦わねば、と思いながらも、意識を保っていられなかった」

「目が覚めた時、それほど時間は経過していなかったが、状況は一変していた。ドラゴンが地上に降り、暴れまわっていたからだ」

「なんと雄々しく、なんと偉大で、なんと圧倒的で、なんと強大なのだろうと思った」

「勝てるなどとは思わなかった。そういう次元の相手には見えなかった」

「だが俺は剣を拾い上げ、ドラゴンに向かって歩いた」

「なぜ？　決まっている。俺は名誉ある戦士《ウォーリア》。誇り高きオークだからだ」

「逃げまどって死ぬのではなく、立ち向かって死ぬべきだと思ったのだ。それこそが、名誉あるオークの振る舞いだと思ったのだ」

「ドラゴンの前に移動した時、その瞳が俺の姿を捉えたのがわかった」

「俺は剣を振り上げ、雄たけびを上げた。ウォークライだ。生きてきてあれだけの声を上げたのは、それまでに無かったかもしれん」

「そこから先は無我夢中だった。爪は掠《かす》っただけで鎧《よろい》もろとも俺の肉を切り裂き、牙は引っ掛かっただけで俺の身体を真っ二つにするだろう。ブレスは言うまでもない。死に物狂いだ」

「勝機を見たのは、首に一撃を加えた時だ。鱗を切り裂き、血が噴き出た時、あそこを切り落とすことができると思ったのだ」

「勝てるなどとは思っていない。ただ切り落とすことができると思ったのだ」

「ドラゴンも気づいていたのだろう。首への警戒が深まり、俺はドラゴンに肉薄するのが困難になった」

「オークやオーガ、デーモンたちがドラゴンを包囲していなければ、きっと俺が死ぬか、あるいはドラゴンに逃げられていたかもしれん」

「俺は爪を砕き、鼻面を潰し、ブレスを回り込んで避け……そして首に剣を打ち込んだ」

「剣が首へと打ち込まれた時の感触は憶《おぼ》えている。ドラゴンが俺の方を見た時の、あの目の光も憶えている。俺はドラゴンの目から光が失われるまで、ドラゴンと視線を交わしていた」

「ドラゴンが何を思っていたのかはわからん。だが、俺には、賞賛の色があったように思えていた」

「よくぞ自分を倒してみせたと、誇りに思えと」

「同時に周囲から歓声がわきあがった」

「オークだけではない。デーモンもオーガも、共に戦っていた者全てが、俺に賞賛の声を浴びせてきた。あのデーモンやオーガがだ」

「あれほどの達成感と、あれほどの誉れを感じたことは無い。まさにあれこそが誇り、あれこそが名誉なのだ」

「もしあのドラゴンを倒せていなければ、俺は『オーク英雄』と呼ばれることはなかっただろう」

「ドラゴンと戦い、生き延びたことは、俺にとって最高の名誉だ」

『バッシュ』の話を、『目』は静かに聞いていた。

　家族も同然だった『骨』の死。

『バッシュ』の口から語られるそれは、偉大なるドラゴンとの死闘であった。

　ドラゴンを倒し、大きな名誉を手に入れたのだと、誇らしげに胸を張る『バッシュ』を見て、『目』は口を開く。

「それで？」

　その言葉に、『バッシュ』は面食らったように『目』を見る。

「……それで、か？」

「それから、どうした？」

『目』の発言に、『バッシュ』はやや慌てたように『ゼル』を見る。

『ゼル』は『バッシュ』の耳元で何かをささやくと、『バッシュ』は「ああ」と呟《つぶや》いて言葉をつづける。

「……それから、ヒューマンの軍がなだれ込んできて、乱戦が始まった。そんな中で、俺の耳にこんな声が飛び込んできた。『デーモンの本陣が奇襲を受けている』と、それを聞いた俺は――」

『目』は『バッシュ』の話を聞く。

話の流れが『骨』と関係なくなっても『目』は聞くことをやめない。

ただ淡々と話を聞く。言葉は理解している。意味も内容も理解している。

ただ、『目』は『バッシュ』の話を聞いていた。

◆

「俺は穴蔵の中で死を覚悟した。エルフの大魔導とは相打ったが、こちらは一人で、向こうには仲間がいた。穴蔵の外からはエルフの放つ怒声と共に、魔法の明かりもチラチラと見える。俺はすぐにでも見つかるだろうし、大魔導もすぐ傷を癒やし、魔力を回復させ、追撃してくるだろうとな。だが、そこで奇跡が起きた。一匹のフェアリーが、戦火の中、俺を助けにきてくれたんだ」

「そう、すなわちそれがオレっち！」

バッシュの話は終わらなかった。

ずっと続いた。『目』が続けさせた。

バッシュが話を終えようとする度に、『目』が「それで？」「それから？」と言って、終わらせなかった。

「そして、『ゼル』の粉で傷を癒やした俺は、間一髪の所でエルフの包囲網を突破し、脱出したのだ」

バッシュの自慢話は、オークの中では、さほど話し上手ではないとされている。

オークの自慢話というのは、基本的に盛っていい事になっている。

己の戦果を大げさに話し、相手を矮小《わいしょう》な存在として貶《おとし》めるのが、一般的な語りのテクニックだ。

小さなトカゲを「めちゃくちゃでかいドラゴン」と言ったり、半べそをかきながら殴り合った末の辛勝を「簡単に勝てた」とイキったり、その末に手に入れた有象無象の女兵士を絶世の美女とすることで、オークたちは己を大きく見せるのだ。

でもバッシュには、その必要が無かった。

バッシュが倒すのはいつだってめちゃくちゃでかいドラゴンや、各国で英雄として祀り上げられる存在である。仮に半べそをかきながら殴り合ったのだとしても、それはバッシュほどの戦士を追い詰められるような強敵に他ならない。

事実を語ることの方が、バッシュという存在を大きく見せるのだ。

これで一般的な自慢テクが上達するはずもない。

ついでに言えば、バッシュには自慢話の締めとなる「女を手に入れたエピソード」が存在しない。

ゆえにバッシュが語る時は、自然ともっと別の部分に力が入る。

つまり戦いの内容である。

「サンダーソニアと戦い、生き残ることができたことは、俺にとってこの上ない名誉だ」

そして、バッシュの話は、必ずそのような言葉で締めくくられることとなる。

感慨深げであり、誇らしく聞こえるその声音は、聞く者の心を震わせた。

誇りと名誉。それがいかにオークにとって大事なものかを実感するのに、十分すぎる語りなのだ。

オークにとっては、物足りないかもしれないが……ドラゴンである『目』には関係ない。

「それから?」

そんなバッシュの話を聞きながら、『目』は思い出すのだ。

『骨』のしゃべり方を。淡々としていて、説明的な話。

どこが面白いのか、いまいちわからない話。さながら教授が生徒に話すような、聞いていると眠くなってくる、『骨』の話。

「……ああ、うむ。無論、戦はそれで終わりではなかった」

「そう、エルフの大魔導サンダーソニアとの戦いを辛くも潜《くぐ》り抜《ぬ》けて帰還したオレっちらが見たのは、あの難攻不落の要塞の、頼もしい城壁ではなかったんすよ……」

「炎だ。陣地へと戻った所、すでに本陣はエルフの襲撃に遭い、壊滅状態にあったのだ」

「……」

そんな『骨』と比べ、バッシュの語り口調は、臨場感にあふれるものだ。

己の見聞きし、体験してきたことを、感情のまま話す。

その上、ちょくちょく『ゼル』の合いの手が入るおかげで、盛り上がる場面がわかりやすい。

『目』にとっては、初めてのエンターテインメントと呼べるものだったといえよう。

つまり結論を言えば、

(面白い！　この後、どうなるんだろ⁉)

『目』は、めちゃくちゃ楽しんでいた。

◆

「それから？」

「……これで、終わりだ。戦争は終わった。俺たちは負けた」

「そうっすね……負けたっすね……」

その後、『バッシュ』の話は終戦まで続いた。

最後の方はやや歯切れが悪くなり、ゼルもなんだか元気を失っていたが、『目』は十分その話を楽しんだ。

『バッシュ』という人間の英雄譚《たん》を、心ゆくまで楽しんだ。

「終わり、か」

終わりというのは悲しいが、仕方がない。

話には終わりがあるものだと、『骨』も言っていた。

だが、話は十分だったといえよう。『目』は『バッシュ』の話から、一つの結論を導き出していたのだから。

「お前、名誉ある、戦士、か」

「うむ。そのつもりだ」

「お前、殺した戦士、みんな、名誉ある、戦士だな」

「そうだな。全員、名誉ある戦士だった」

『目』は名誉が何か知らなかったが、『バッシュ』の話の中で、学習した。

人間とは、名誉を重んじる生き物だ、と。

名誉というものは、言葉では説明しにくいが、人間は名誉のために戦い、名誉を誇る。

そして、名誉というものは、相手が強ければ強いほど、重くなるものだ。

重い名誉を持つ敵を倒した時、自分の持つ名誉はより重くなる。

名誉は重ければ重いほど、人間としての価値が上がるのだ。

そして、その法則は、他の生物にも適用される。

例えば、ドラゴンは重い名誉を持っていると言えるだろう。

ドラゴンは数多《あまた》の人間を簡単に殺せる。だから、ドラゴンを倒すことは、大きな名誉を得ることに他ならない。

「名誉、か」

『バッシュ』は『骨』を殺すことで、大きな名誉を得た。

『バッシュ』は言った、『骨』を殺したおかげで、『オーク英雄』と呼ばれる存在になったのだ、と。

『名誉』。

それは、『目』の価値観を大きく変える概念だった。

『目』は、死を意味の無いものだと考えていた。

なぜなら、『目』自身が、他の生物の死を意味のないものとして扱っていたからだ。

虫だろうが、獣だろうが、人間だろうが、食料としてしか見ていなかった。

それ以上の価値なんてなかったし、そいつらが死んだ所で、心が動くことはなかった。

だから、死ぬのが怖かった。

自分では気づいていなかったし、言葉にもできなかったが、そうした有象無象と同じように、自分の今まで生きてきた竜生が、価値のないものと断ぜられるのが嫌だった。

だが、『バッシュ』の話を聞いて知ったのだ。

死には意味がある。

強い者が、より強い者を倒した時、名誉として残るのだ、と。

『骨』を倒した『バッシュ』は、名誉ある戦士《ウォーリア》になった。

『骨』の名誉を引き継いだのだ。『骨』は『バッシュ』が生き続ける限り、その死が無意味になることはない。『バッシュ』が誰かに殺されても、『骨』の名誉はそいつの中で生き続けるだろう。

それは誇らしいことだ。とてつもなく、誇らしいことなのだ。

これほど強い人間が、これほど誇らしく語るのだ。

これこそが誇りなのだと、『目』は、そう思った。

もし『バッシュ』が『骨』との戦いを「俺に掛かれば、ドラゴンといえど雑魚《ざこ》だ。あれはドラゴンではなくただのトカゲだな。ガハハ」などと評していたら……そうは思わなかっただろう。

きっと、『目』は我慢できなかったはずだ。

ドラゴンに誇りや名誉という概念はないが、小さな存在である人間に『骨』を小馬鹿にされたら、『目』は言いようのない怒りに襲われただろう。

自分が望んだわけでもない戦争で、矮小なる人間によってたかって地面に引きずり下ろされて首を落とされ、その肉や骨のほとんどを削《そ》ぎ取《と》られ、くだらない戦争の道具にされたと、そういう認識にさせられたら、『目』は『バッシュ』を許さなかっただろう。

と、難しく説明したが、簡単なことだ。

『目』は生まれて初めて聞く英雄譚に、心を躍らせてしまったのだ。

「お前、ドラゴン殺して、『名誉』、手に入れた」

「うむ。そうだ」

自信ありげに頷《うなず》く『バッシュ』を見ると、『目』もまた誇らしくなった。

「わたし、は……」

そして同時に思うのだ。

自分は、と。自分は、どうなんだろう、と。

戦いの途中で逃げて、『ニュート』で変身して隠れて、やり過ごそうとしている、自分は。自分の名誉は。

今まで生きてきて、名誉なんて概念は存在しなかった。

しかし知ってしまえば、意識せざるをえない。

自分の名誉を。

「『バッシュ』」

「うむ」

『目』が呼ぶと、『バッシュ』は『目』の方へと視線を向けてきた。

ギラついた視線だ。話をしていた時とは大きく違う。あえて言うなら、自分に襲いかかってきた時に近い目だ。殺意とは少し違う気もするが……『目』はそれを、殺意のある視線と考えた。

『目』は聡明《そうめい》。ゆえにわかっている。

『バッシュ』は、数多の戦いをくぐり抜けてきた一流の戦士だ。

ヒューマンの魔法使いの偽装魔法も破ったし、ビーストの戦士の擬態も見破った。

あのエルフの大魔導の魔法だって、ことごとく打ち破ってみせた。

だから、きっと最初から、気づいていたのだろう。

『目』の拙い魔法など、見抜いていたのだろう。

すなわち『目』の正体が、ドラゴンだということを。

なぜ殺さなかったのかという疑問の答えが、そこにある。

つまり『バッシュ』は、『目』が逃げ出して、人間の姿で現れた時、ガッカリしたのだ。

こんなに不名誉なドラゴンがいたのか、と。

ゆえに『目』に対し、『骨』を始めとする、多くの誇り高き戦士たちの話をすることで、問うているのだ。

お前は、それでいいのか。

お前の名誉は、それで守られるのか。

「お前、どうしても、『名誉』守りたい、か？」

「うん？　ああ、俺はいかなる事があってもオークの名誉を守るだろう」

「名誉守るため、ドラゴン、殺す、か？」

「む？　うむ、お前のために殺してみせよう」

「死にたくない……」

「ん？　だろうな」

だが、『目』の本音は変わらない。

死にたくない。

いかに自分の死が『バッシュ』の名誉になると聞かされても、やはり死ぬのは怖かった。『バッシュ』や、『バッシュ』の話に出てきた戦士たちのような、勇敢で名誉ある戦士にはなれそうになかった。

「さっき、ドラゴン、逃げた」

第一、『目』の中では、もう勝負は決しているのだ。『目』は負けて、『ニュート』の魔法まで使って命乞いをしている。

それが答えではなかろうか。

「もう、勝った、違う？」

「ドラゴンは、そんな甘い相手ではない」

『目』とて、『バッシュ』にそう言ってもらえるのは嬉《うれ》しいが、過大評価である。『目』は『バッシュ』と戦うことに怯《おび》えきっているし、できれば今すぐ逃げたいと思っている。

でも、それでも……。

『名誉』は、確かに憧れるし、誇らしい死に様というものに興味もある。

「どうすれば、殺す以外、名誉守れる？」

それでも死にたくなかった。情けなくて泣きたくなるほどに、死にたくなかった。

「ドラゴンを殺さずに……俺の名誉をか？」

「……うん」

『バッシュ』は極めて険しい顔で目を閉じた。

何かを考えるような仕草に、『目』は不安を隠せない。

と、そこで『ゼル』が、『バッシュ』の耳に近づいて、こしょこしょと何かを耳打ちした。『目』の不安は強くなる。

こんな不名誉なトカゲさっさと殺してしまいましょう、なんて言っているに違いない。

先ほどの話でも、そういうシーンがあったのだから。

「……」

やがて話が終わったのか、『バッシュ』はまっすぐに『目』の方を見てきた。

やはり殺すのだろうか。名誉なき相手を殺した所で大した名誉にはならないが、そうした相手とて、『バッシュ』は倒してきたのだ。

さっき本人がそう言っていたのだから間違いない。

「俺の名誉は」

「……」

「お前のような美しい女を妻にすれば、守られるだろう」

「……?」

いきなり、よくわからない概念が出てきた。

ツマ。

ツマとはなんだろうか。

「ツマ?」

「ああ、俺の妻となり、子を産んでほしい」

子を産む。そこで賢い『目』はわかった。

ツマとは番《ツガイ》のことだ。

「わたしを、妻にする、番になる、名誉守れるの、なぜ?」

「普通のオークは、お前たちを妻にすることなど、生涯の全てを懸けてもできん。お前を妻とし、子をなせば、俺はオークの中でも特に優れた者として、語り継がれるだろう。オークが滅ぶその日までな」

「……」

「お前にとっては、オークの妻になるなど、屈辱かもしれんがな……」

なるほどと『目』は思った。

ドラゴンに伝わる話では、『ニュート』の魔法を使った後は、その相手と子をなすことが多い。あの『骨』だってそうだった。

でも『骨』は別に追い詰められて『ニュート』を使ったわけではないし、『骨』自身が人間と子をなしたいと思っていたわけではないそうだ。

でも人間と子をなした。

なぜ『ニュート』を使うと、相手と子供を作ることになるのか？　『目』は、かねてそこに疑問を持っていたわけだが……。

これだ。

この『バッシュ』の言葉こそが、答えだったのだ。

相手から求められたのだ。

人間にとってドラゴンと番になるということは、極めて重い名誉を獲得する行為なのだろう。ドラゴンを殺すことよりもだ。

いきなり番になることを提案しなかったのは、『目』の名誉を気にしてのことだろう。

確かに、ドラゴンが矮小《わいしょう》なる人間と番になるというのは、不名誉なことだ。

少なくとも、数日前の『目』であれば確実に嫌がっただろう。

ドラゴンに名誉という概念がなくとも、人間と子供を作るなど、嫌に決まっている。

「……」

だが、不名誉などいまさらだと『目』は思った。

『ニュート』まで使って命乞いをし、名誉を守るチャンスまで貰《もら》ったのに、それをかなぐり捨てて生に執着したのだ。

不名誉だろうが、どうでもいい。大切なのは生き残ることだ。

それに、『目』は名誉を学んだ。

『バッシュ』は名誉ある戦士《ウォーリア》であり、『目』よりもずっと強いのだ。そんな彼の番になるというのは、『目』にはさほど不名誉には思えなかった。

『骨』も昔言っていたが、強い個体が強い個体と結ばれるというのは、ドラゴン的にもよくある話だ。

『目』には、まだそういった経験は無い。でも初めての相手が『バッシュ』という部分に不快さや嫌悪《けんお》感は無かった。『バッシュ』が自分よりも強い存在だと認めたというのもあるが、きっと名誉や誇りについての話を聞いたおかげだろう。

もはや『バッシュ』は、『目』が憧れる英雄なのだ。

となれば、答えは決まっていた。

「わかった。わたし、お前の番に、なる」

その日、初めてバッシュのプロポーズが、成立した。

10. ファースト・キス

戦の勝敗というのは、途中でなんとなくわかるものだ。

勝ちか負けか、どちらかに偏り始めた時に空気が変わり始める。

味方の勢いの良さであったり、敵の怯え具合といったものを、人は敏感に感じ取る。

そして、そうして感じ取った空気によって、人の強さというものは変わる。

負けそうだと思えば、死の恐怖から腰が引け、勝てそうだと思えば、手柄欲しさに勢いが増す。

そして、そんな勢いが、そのまま勝敗に繋《つな》がることもままある。

バッシュもまた、そうした戦の趨勢《すうせい》を肌で感じ取ったことは何度もあった。

もちろん、そうでない時もあるが、勝てそうな時はだいたい分かった。

この戦いは勝てそうだ、と。

もちろん、負けそうな時も……。

「……それで？」

レミアム高地の戦場でドラゴンを倒した話をした時、女はそう言った。

話をする前の、あの怯えきっていた表情は消えていた。

代わりに浮かんでいたのは、冷めきった表情である。

目は半眼で、唇は少しだけ開き、やや斜めから見上げるようにバッシュを見ている。

美しい顔だが、その表情はというと、別の意味で胸が痛くなるものであった。

バッシュはこうした表情を見たことがある。

何を隠そう、オークの国でだ。ある戦士が自慢話をし、それがあまりにもくだらない話だった時、オークたちはこんな顔をする。

そして言うのだ。

「で？」と。

おめーのつまんねーホラ話のオチはなんなんだ？　と。

「……それで、か？」

女から発せられた言葉は、まさに同じような言葉だった。

まさか、ドラゴン討伐の話をして、こんな興味のなさそうな反応をされるとは思わなかった。

デーモン女がどんな反応をするかなど想像もしていなかったが、せめて何らかの感情を引き出せるとは思っていた。

その感情が驚嘆か、あるいは侮蔑かはわかっていなかったが。

「それから、どうした？」

バッシュは焦《あせ》った。

ドラゴン殺しの話をして、ドラゴンが来ても大丈夫だと安心させたかったのに、まさか、ホラ吹きだと思われているのだろうか。

オーク社会において、ホラ吹きはダサいとされている。

実際の所、オークの自慢話は話を盛るのが一般的だ。

多少誇張して語ったとしても、オークは馬鹿なので、単に信じてしまうからだ。

なんなら、語る本人もそれが事実だと思って話しているから、ホラ話ではないのだ。

しかし行き過ぎた誇張は、オークであっても不審に思う。

あれ？　それは流石に無理じゃねえか？

そう思ってしまえば、聞いている方の熱は急激に冷めていく。

そうなればホラ話だ。自分の力量に見合わぬホラを吹くオークはダサい。

逆に言えば、事実を語ったにもかかわらずホラだと思われるというのは、自分の力量が信じられていない証拠とも言える。

戦いを至上とするオークにとって、これほどの屈辱は無い。

「……それから、ヒューマンの軍がなだれ込んできて、乱戦が始まった。そんな中で、俺の耳にこんな声が飛び込んできた。『デーモンの本陣が奇襲を受けている』と。それを聞いた俺は――」

ゆえにバッシュは、ドラゴン討伐の話に続けて、己の戦いの歴史を話した。

勇者レトとの戦いに始まり、終戦に至るまでの激戦の数々。

滅多にすることのない、自慢話であった。

相手の女より、むしろ途中からゼルの方が興奮し始め、知らない話には驚嘆を、知っている話には相槌《あいづち》と補足を入れてくれた。

ゆえに、かなり臨場感のある自慢話に仕上がったと言えよう。

「終わり、か？」

しかしそれでも、女の態度は冷たかった。

「お前、殺した戦士、みんな、名誉ある、戦士だな」

何の感情も浮かばない顔。発声の拙いオーガですら、もう少し感情を込めるだろう抑揚のない言葉。

ホラ話どころではない。

バッシュの話を、完全にどうでもいいものとして捉えているのは、間違いなかった。

お前の倒した戦士、みんな名誉あったんだねー、へー、すごいねー、で？　オチは？

……ってなもんだ。

そう、バッシュの話にはオチがないのだ。女を犯すという最大の山場が抜けているのだ。

「それで？」の後に、オチが話せないのだ。

どれだけ臨場感のある自慢話ができたとしても、所詮は50点なのだ。

その50点も、ドラゴン討伐を満点としたら、他の戦いはせいぜい40点台だ。

サンダーソニアで48点ぐらいだろう。

途中から、バッシュも話していて辛《つら》かった。

自慢話にこれほどの塩対応をされては、いたたまれない気持ちの方が大きかった。

自慢話は、己の自信を再確認するためのものでもあるはずなのに、次第に自信もなくなっていく。自分が童貞だという事実が、重くのしかかってくる。

それはバッシュが、オークの国で滅多に自慢話をしなかった理由でもある。

こうなることを、恐れていたのだ。

「お前、どうしても、『名誉』守りたい、か？」

「うん？」

デーモン女の冷たい視線が、バッシュを射竦《いすく》める。

こうして言葉を交わしてくれているのは、自分を助けにきてくれたことへの義務感からだろう。

でなければ、こんな感情のこもらない言葉を発することはあるまい。

「ああ、俺はいかなる事があってもオークの名誉を守るだろう」

「名誉守るため、ドラゴン、殺す、か？」

でなければ、向けてくる視線が、これほど無感動なものになるはずがあるまい。

興味がないのだ。バッシュに。侮蔑すらする価値がないと思っているのだ。

「む？　うむ、お前のために殺してみせよう」

「死にたくない……」

「ん？　だろうな」

イマイチ会話が噛《か》み合《あ》わないのは、きっとバッシュの言葉など、まともに聞いていないからだろう。

バッシュは会話の機微などわからないが、なんとなくそういったものは感じ取れていた。

このデーモン女は、バッシュの話を聞いている時もどこかうわの空で、バッシュの方を見ようともしない。

バッシュとゼルがどれだけ盛り上げようと声を張っても、相槌一つ打ちゃしない。

それに女から発せられるピリピリとした空気……威圧感にも似た気配。

それは上位の女魔族や上位のサキュバスと相対した時に、よく感じていたものだ。

バッシュを完全に、ただそこに存在している下等生物だと見ているのだろう。

内心では、別のことを考えているに違いない。

「さっき、ドラゴン、逃げた。もう、勝った、違う？」

「ドラゴンは、そんな甘い相手ではない」

女は、バッシュがドラゴンと戦わないように誘導しているように思えた。

それはきっと、バッシュの力を信用していないからだろう。

戦えば、今度は自分も巻き込まれて死ぬと思っているのだろう。

先ほどまでの話は、女の心に何も響いていなかったのだ。

あれほどの激戦を、戦いの日々を、完全に嘘《うそ》か、あるいはどうでもいいものだと思われているのだ。屈辱である。

「どうすれば、殺す以外、名誉守れる？」

「ドラゴンを殺さずに……俺の名誉をか？」

「……うん」

ドラゴンから逃げて、別の方法で名誉を守れと言われていると、バッシュはそう感じた。

もし、これがオークの国で、他のオークに言われたのであれば、バッシュは激高していたかもしれない。俺が戦いから逃げるものか、と。

バッシュは戦いと名誉を重んじるオークだ。

己の強さにも、『オーク英雄』と呼ばれることにも、誇りを持っている。

侮辱されて、相手を許すわけにはいかない。

まずは宣言通りドラゴンを殺し、次に自分を侮《あなど》った輩《やから》を、気絶するまでぶん殴ったかもしれない。

「俺の名誉は……」

「……」

だが、目の前にいるのは、美しいデーモンの女だ。

バッシュは、もちろん名誉と誇りを守ることは大事だと考えている。

だがそれ以上に、守りたいもの……いや、捨てたいものがあった。

ここで激高した所で童貞を捨てられるわけではない。

第一、英雄たるバッシュが童貞を捨てられなければ、オークの名誉も地に落ちるのだ。

だから殴るわけにはいかない。

しかし、これほどの侮辱に対し、何を言えばいいのだろうか。

どんな言葉を発すれば、この女を妻にし、合意の上で性行為をすることができるのだろうか。

バッシュはオークだ。言葉を尽くしたいと思っても、こういう時の言葉など持たない。

(旦那)

ゼルが耳打ちをしてくる。

でもそうだ。バッシュにはゼルがいる。こういう時は、いつだってこの妖精が知恵を授けてくれた。バッシュの窮地を救ったのは、常にこの妖精だった。

(これは多分、ダメっす……)

しかしその妖精は、珍しく力無く首を振った。

(旦那の逸話を聞いて、ここまで冷めてる奴《やつ》は無理っす……デーモンっすよ? 女とはいえデーモンなのに、旦那の武勇を聞いて、何の感情も示さないなんて、オレっちですらむかついてきたっす。もう根っこから旦那のことをナメてるっす。旦那を軽んじる奴を、旦那の嫁にするべきじゃないっすよ……)

バッシュはその言葉に絶句した。

あのゼルが、ここまで言うなどとは、思ってもみなかった。ゼルはいつだって、「いけるっす!」しか言わないものだと思っていた。ダメな時でも言うが、それに勇気づけられるのは確かだ。

そんな楽天家のゼルが、涙ぐみながら、そんなことを言うのだ。

（そうか、ダメなのか……この女も……）

バッシュはゼルの言葉に、すとんと納得した。

何を言っても、女が妻になることは無いと、諦めた。

同時に、酷《ひど》い落胆が襲いかかってくる。

（またダメだったか……）

戦いは時に、途中で結果がわかる。勝つ時も、負ける時も。

今回は、負け戦だ。また自分は、負けたのだ。

雪山を登り、ドラゴンを退け、女にいい所を見せようとドラゴンを倒してみせると豪語したものの、それすら取り合ってもらえなかった。

デーモンは、ドラゴンに困っているはずなのに。

もしドラゴンを取り逃さず、倒していたのなら少しは違ったのかもしれないが、逃がしたのは事実だ。言い訳のしようもない。

倒していない以上、倒せると豪語するのは、若者の誇大妄想にしか聞こえまい。

（……やはりデーモン女を妻にすることなど、夢のまた夢か）

土台、無理な話だったのだろう。

デーモンがオークの妻になるなど、それほどありえないということなのだろう。

「俺の名誉は、お前のような美しい女を妻にすれば、守られるだろう」

「……？」

そう思いつつ、バッシュは己の望みを口にする。

完璧なお膳立てをした上で発しようとしていた言葉を。

戦士《ウォーリア》とは、負けるとわかっていても、時として勇敢に最後の一撃に臨まなければならない時もある。

バッシュが倒してきた戦士たちは、皆そうだった。

負けると知りつつも、「勝負だ」と叫び、剣を振り上げて迫ってきた。

ならば自分も、誇り高きオークの戦士として、それに倣《なら》おう。

「ツマ？」

「ああ、俺の妻となり、子を産んでほしい」

プロポーズである。

「わたしを、妻にする、番になる、名誉守れるの、なぜ？」

デーモン女はそう聞いてくる。

意地の悪いことだ。バッシュがどれだけ身の程しらずなことをしたのか、自分で説明させようというのだろう。

「普通のオークは、お前たちを妻にすることなど、生涯の全てを懸けてもできん。お前を妻とし、子をなせば、俺はオークの中でも特に優れた者として、語り継がれるだろう。オークが滅ぶその日までな」

「……」

「お前にとっては、オークの妻になるなど、屈辱かもしれんがな……」

肯定が返ってくると、そう思った。

そうね、その通りよ。さぁ、わかったら死にものぐるいで私を要塞まで護衛しなさい。そうしたら、私に劣情を抱いた罪を不問としてあげる。

そんな言葉が返ってくるものだと、思っていた。

ただ、バッシュは忘れていた事がある。

負け戦というのは、肌でわかるものだ。空気感が、周囲の士気の低さが、負けると伝えてくれるが……そうでない時がある。

「わかった。わたし、お前の番に、なる」

そういう時、何も知らぬ兵士は狐《きつね》につままれたような気持ちで、勝利を受け入れるのだ。

バッシュはなんだかフワフワとした気持ちでいた。

よくわからなかった。

プロポーズをしたら相手が受け入れたという現実が、いまいち信じられなかった。

「番は、はじめて。ドキドキ、する」

女の言葉だけが、その事実を肯定している。

無論、その言葉はドキドキしているようには聞こえない。

それどころか、先ほど以上の冷めた顔をしているように見えた。

女は先ほどの怯《おび》えた表情が嘘のように平然と立ち上がると、スタスタと洞窟の中を歩き始めた。

「だが番、何やるか、知ってる」

バッシュは、ただ彼女についていく。

彼女のスラリとした後ろ姿が目に入ってくる。

長く艶《つや》やかな髪、華奢《きゃしゃ》な肩、長くしなやかな足、そしてキュッと締まった尻だ。

その身体は、今までに見てきた女たちと比べて貧相にも思えるが、全身からはとてつもないパワーを感じた。デーモンという、強力な種族特有の力強さがあった。

その威圧感たるや、今まで見てきたデーモンの中でも随一だ。

かつて出会ったデーモンの将軍も、これほどの力強さは持っていなかった。

この女から生まれる子供は、必ず色付きとなり、オークに繁栄をもたらすだろう。

「『骨』に、教えて、もらった」

振り返る女の顔は美しい。

こんな女が妻ならば、こんな女で童貞を捨てられるのであれば、もはやバッシュはその場で死んでもいいかもしれないと思えるほどだ。しかも先ほど、初めてと言っただろうか。

まさにバッシュが求めていた人材であった。

「子作り、だ」

そんな女が、直接的な単語を発してなお、バッシュが女に飛びかかり、言葉通りの事を致さないのは、状況がまだ理解できていないからであった。

これほどの女が、なぜプロポーズを受け入れたのか、わかっていなかった。

警戒しているわけではない。バッシュにしては珍しいことに、混乱していたのだ。

「子作りか」

しかしながら、バッシュの最も男らしい部分は正直である。

直接的な言葉に対し、脊髄で返事をしていた。

そうだろう、どれだけバッシュが混乱していても、彼はこの瞬間を待ちわびていたのだから。

「俺は、お前を抱いてもいいのか？」

「いい」

あっさりと許可が出た。

合意である。

オークキングの定めた『他種族との合意なき性行為を禁じる』という戒めの許容条件が、いま達成されたのだ。

バッシュの混乱は急速に収まっていく。

なぜならバッシュはオークだ。誇り高きオークだ。

疑問があったとしても、女を抱けると知れば、その本能が彼を衝《つ》き動かす。

「……ウオオオオォ！」

とうとう、バッシュの本能が限界に達した。

バッシュは女に襲いかかり、その身体に抱きつく。

女もまた、バッシュの背に手と尻尾を回してきた。

メスのいい匂いが、バッシュの鼻孔いっぱいに広がる。

でも、なぜだろうか、いい匂いの中に、背筋がゾッとするような、何か危険な香りが含まれているのは。

「うん？」

さらに押し倒そうとして、バッシュは気づいた。

女が、先ほどより大きくなっているということに。

先ほどまで、バッシュの顎ぐらいしか無かったはずなのに、なぜか今はバッシュと同じぐらいの大きさになっている気がする。

「落ち着け」

「ん？」

押し倒そうとしても、ビクともしない。

それどころか、女はみるみるうちに大きくなっていく。

美しかった顔は、鼻から次第に尖《とが》っていく。柔らかかった身体は、鱗《うろこ》に覆われていく。

口の中に並んでいたぎざぎざの歯が刃のように伸びていく。

「タマゴ、ジキ、チガウ。コドモ、デキナイ。スヅクリ、サキヤル。フカ、コソダテ、アタタカイバショ、イイ。バショミツケル、メス、ツトメ」

女の声が、猛獣の唸《うな》り声へと変わっていく。

あらゆる種が聞けば、恐怖に竦《すく》みあがってしまう、最強の生物の発する、唸り声へと。

「あ、わ、わぁ……」

バッシュの視界の端で、ゼルが腰を抜かして洞窟の壁に背中を押し付けるようにして後ずさっているのが見える。

バッシュも戦慄しながら顔を上げる。

抱きついていたのは、巨大な爬虫類《はちゅうるい》の顔だった。

ドラゴンだ。

「なっ！」

剣は無い。先ほど女がいた場所に置いてきたままだ。

（しまった……罠《わな》か！）

同時に、バッシュの中で、全ての疑問がつながった。

ドラゴンの血の匂いはしていたのに、洞窟の中にいたのは女だった。

当然だ。ドラゴンが化けていたのだから。思い返せば、ドラゴンと戦っている時であろうと、女がいれば気づいたはずだ。そのためにきたのだから。

ドラゴン討伐の話を聞いても、バッシュの英雄譚《たん》を聞いても、女は顔色一つ変えなかった。当たり前だ、自分の同胞を殺した話を聞いて、賞賛などするものか。

きっと怒りを抑えるのに必死だったに違いない。

その上、女は、プロポーズを軽く受けた。受ける理由など無いというのに。

なぜか。この瞬間のためだ。

ドラゴンは賢いと聞くが、全てはバッシュを仕留めるため。

ドラゴンは女に化け、バッシュが油断する瞬間を待っていたのだ。

(……くっ！)

バッシュの身体は、ドラゴンにガッシリと摑《つか》まれている。

足は尻尾の先端が巻き付いており、ピクリとも動かせなかった。

抜け出せない。いかにバッシュがオークの中でも特別に力があるといっても、単純な力でドラゴンに勝っているわけではないのだ。

バッシュの眼前に、ドラゴンの巨大な牙が迫ってくる。

(ここまでか……！)

バッシュは死を覚悟した。

追い詰めたつもりだった。油断はしていないつもりだった。

だが、それでもドラゴンの一手が先を行ったのだ。

ドラゴンは女の姿を取ることで、バッシュを欺いた。

（……これが俺の、最期か）

だが洞窟内での出来事だ。仮にバッシュが正体を見破り、剣を叩《たた》きつければ、勝利を手にしていただろう。

ドラゴンもまた、薄氷の上を渡ったのだ。

己の正体がバレぬよう、本性も、怒りも、努めて表に出さぬよう振る舞っていたのだ。

気づいてもおかしくなかった。

ギリギリの勝負だったのだ。

ならば、負けを認めるしかなかった。

「……？」

ベロリと、バッシュの顔をドラゴンの舌が舐《な》めた。

舌に生えた棘《とげ》が、バッシュの頬に傷をつける。

だがその牙がバッシュに突き刺さることは無く、炎がバッシュを焼き焦がすこともなかった。

生臭いが、しかしどこか甘みを感じる香りが、バッシュの鼻孔を刺激した。

「くるるる……」

それどころか、ドラゴンは唸り声とは違う、少し高めの音を出しつつ、鼻先をバッシュの顔にこすりつけてきた。

バッシュの唇が裂け、血が流れだす。

バッシュでなければ顔の肉を削《そ》ぎ取《と》られ、死に至らしめるものだったかもしれない。

しかし、爪や牙、あるいはブレスを用いたものに比べ、弱かった。

死ぬ前に、自分を痛めつけてくれた相手を甚振《いたぶ》り、恐怖に震える姿を眺めて楽しもうとでもいうのだろうか。

「タマゴ、ジキ、キタラ、モドッテクル。ソレマデ、スヅクリ、ヤットク」

バグベアが毛皮を置いて逃げ出すであろう唸り声の中に、かすかに声のようなものが聞こえるが、その内容を聞き取れるほど、バッシュに余裕はなかった。

ドラゴンがバッシュから手を放す。

尻尾も離れていき、バッシュは自由の身になる。

すぐさまバッシュは距離を取ろうとする。隙を見つけつつ、剣の場所まで戻ろうとする。

だが、その時にはドラゴンもまた、踵《きびす》を返《かえ》す所だった。

「メイヨ、マモル」

ドラゴンが助走をつける。

巨体の割に軽やかに、大陸最強の生物らしい力強さと勇猛さを感じさせるステップで。

ドドッ、ドドッと巨大な震動が洞窟を揺らし……。

ドラゴンは飛び立った。

■

そして、困惑に満ちた表情のバッシュとゼルが残った。

洞窟の外は蒼天《そうてん》が広がっている。

時折吹く風の音を除けば、静かなものだ。

ドラゴンの姿は、しばらく見えていたが、やがて地平線の向こうへと消えていった。

戻ってくる気配は、ない。

「……どういうことだ？」

言葉を発したのはバッシュだった。

ゼルに聞いたわけではない。

ただ、今起きた不思議な出来事について、そう言わずにはいられなかったのだ。

「あっ、えー……そっすね。えー？　えーっと。多分っすけど、ドラゴンは人に化けるって伝説を聞いたことあるっす。旦那に勝てないと悟ったドラゴンは、咄嗟《とっさ》に人に化けて旦那を騙《だま》し、まんまと逃げおおせたって所っすかね」

バッシュの見解と、ほぼ同じであった。

「なぜ、奴《やつ》は俺を見逃した？」

「ドラゴンは言葉を理解していたっす。旦那の話を聞いていたし、最後らへんは名誉という単語にこだわっていたようにも思えるっす。最後の一言も、なんか『名誉を守る』？　みたいに言ってたように聞こえたっす。だから、自分を追い詰めた者が一流の戦士《ウォーリア》だったがゆえ、ドラゴンもその名誉を重んじて、命ばかりは見逃してくれたってこと……っすかね？　ドラゴンが？　ほんとに？」

「なるほど。ドラゴンもまた、名誉を重んじる生き物だったということか」

ドラゴンは、バッシュの話を終始つまらなさそうに聞いていた。

だが、決して聞いていなかったわけではない、ということなのだろう。

「……」

真実は誰にもわからない。

先ほどまでいた美女の姿も、ドラゴンの姿もすでに無い。

目の前に広がるのは寒々しい山々と蒼天ばかりだ。

バッシュは美しい妻も、ドラゴン殺しの名誉も、何一つ手に入れることができなかった。

それが現実だ。

「ふぅ……」

知らず知らずの内に、バッシュの口からため息が漏れた。

ドラゴンという脅威から生き残れた安堵《あんど》を通り越し、徒労感が身体全体を襲ったのだ。

北の果て、雪と氷に閉ざされた山奥まできて、強行軍で山を登り、ドラゴンと戦い、ドラゴンが化けた女に気づかず、マヌケにも口説こうとした上、逃げられた。

得られたものは何もなし。自分は一体なにをやったのか。

さしものバッシュでも、徒労感で全身がだるかった。

「旦那、これからどうするっすか……?」

「これからか?」

むしろ、バッシュが聞きたい所だった。

情報を得て、良かれと思ってここまでやってきた。

ヒューマンの町から始まり、エルフ、ドワーフ、ビースト、サキュバス、そしてデーモン。ここが人の住む場所の果てだ。

これ以上、先は無い。

「戻るしかあるまい」

「そっ……すね！　幸いにして、ドラゴンはしばらくこのあたりに戻ってこなそうっすし、デーモンの所に報告に戻るのがスジっすかね」

そう聞かれ、バッシュは考える。

ギジェ要塞に戻ったとして……果たして、デーモン女は、自分になびくだろうか。

シーケンスは、ドラゴン討伐に出た隊の女は好きにしていいと言ったが、生き残りはいなかった。洞窟内をくまなく探索したわけではないが……あのドラゴンは愚鈍なトカゲではなかった。

人に化け、人を騙す、狡猾《こうかつ》な蛇だった。

他に生き残りがいたのであれば、見逃さないだろうし、意図的に生かしていたのであれば人化などすまい。

シーケンスからは、娘とその配下のデーモン女以外は許可されていない。

となれば、ギジェ要塞に戻り、一からデーモン女をナンパすることになるだろう。

それがうまくいくかを、今までの経験や、デーモン女の気質から考えると……。

「いや、デーモンの女が、オークである俺の妻になるとは思えん」

「じゃあ、どうするんすか？　オーガの国とか行ってみるっす？　それとも、ビーストの所まで戻るとか？　まさかリザードマンとかハーピーの所にはいかないっすよね？」

「そうだな……」

バッシュは考える。

自分はどこに行くべきか。

オークの国を出て、様々な国を巡り、様々な女と出会い、フラれてきた。

どこにいけば、自分の望みが叶《かな》うのか。

バッシュには、まるでわからない。

オークという種族は、考える種族ではないからだ。

かつての戦場では、こういう時はどうしていたか……。

それを思い出そうとしても、似たケースに思い至らない。

昔は、一つの戦いが終われば、次の戦いに赴けばよかった。わからない時は、誰かが考え、命令してくれた。こうして一人で、次に何をすべきかの指針がない時など、なかった。

そこでバッシュは「いや」と思い出す。

自分一人で考え、動いた時もあったな、と。

戦場ではなかったが……その時、指針はあった。

それに思い至った時、結論は出た。

「ヒューマンの国まで戻るか」

バッシュはオークの国を出た時、ヒューマンを嫁にしようと考え、クラッセルへと向かった。

なぜか。ヒューマンを嫁にするのが、一番良《い》いと思ったからだ。

なら、立ち戻るべきだ。

バッシュも旅を経て、様々なことを学んだ。ヒューマンの国で他種族の恋愛観を、エルフの国でプロポーズの作法を、ドワーフの国でナンパの技術を、ビーストの国で服装やデートの大切さを。

戦いとは、経験の積み重ねだ。

エルフに通じる戦法の中にビーストにも通じるものがあるように、今まで学んできたものは必ずや他種族との対決で効果を発揮するはずだ。

ならば、今一度ヒューマンの女に、挑戦してみてもいいだろう。

少なくとも、デーモンより望みはあるはずだ。

「ここまで来てなんすけど、そうっすね。その方がいいかもしれないっすね。確か南東の方にヒューマンの飛地《とびち》があったはずっす。ひとまずそこを目指してみるのもいいかもしれないっすね」

方針は決まった。

「よし、ならばゆこう」

「うっす！」

決まれば早い。バッシュとゼルは頷《うなず》きあい、山を下り始めるのだった。

11. デーモンの再起

その日、デーモン軍偵察部隊長『千里眼』のキュロスは、ギジェ要塞の物見櫓《やぐら》にいた。

彼の仕事は毎日のように現れ、町を破壊するドラゴンを早期に発見し、避難と迎撃を促すことであった。

デーモンの中には、特別な目を持つ者が多くいる。

キュロスは、デーモンの中でも特に遠方を見通す目を持っていた。

彼の一族は皆そうであるが、昼夜を問わず何百キロと離れた敵を発見できる魔眼を持っていた。

デーモンの偵察部隊は、決して敵を見逃さない。

ハーピーやサキュバスといった、空を飛ぶ種族と比べても、その差は明らかであった。

ゲディグズの生前から、その卓越した眼力にて敵軍をいち早く発見し、デーモン軍に勝利をもたらしてきた存在だ。

ドラゴンのねぐらを見つけたのも、キュロスだった。

そのせいで、シーケンスの娘とその配下たちがドラゴンのねぐらへと突入し、全滅した。

全滅の瞬間を目にしたのもキュロスだ。

最後の一人が空中でかみ砕かれて地面に血を撒《ま》き散らした後、シーケンスへと報告し、一日寝込んだ。

もちろん、それでも偵察は怠らない。

彼の仕事であるというのもあるが、見つけなければ、もっとよくないことが起こる場合が多いのだから。

だからその日も、彼はいち早くドラゴンを発見した。いつものように、ねぐらから飛び立つドラゴンを。ゆえに、キュロスはいつものように鐘を鳴らし、敵襲に備えようとした。

だがその前に、異変に気付いた。

「どこにいくつもりだ？」

ドラゴンが、南東の空に向かって、一直線に飛んでいく。

いつもとコースが違う。いつもであれば、自分の巣を確認するかのようにグルリと山を二周回った後、南に向かって少し進み、それからこちらに向かってくるはずだ。

それが一直線に南東に。

「気まぐれか、それとも……」

キュロスは観察を続けた。

ドラゴンは、いつもとどこか違うようすで、まっすぐ南東へと飛んでいく。

とんでもない速度だ。

飛び方も何かおかしい。

毎日観察しているキュロスだからわかることだが、どこか浮き立っている、まるで恋こがれた乙女のように……あるいはまるで、何かから逃げるかのように。

そうして、ドラゴンはキュロスの視界から消えた。

卓越した眼力を持つ一族の中で、特に『千里眼』とまで言われたキュロスの視界から。

十数キロ離れた場所の蟻《あり》を数えられるキュロスの視界から。

おそらく、ドラゴン自身の縄張りから……その姿を消したのだ。

「なぜ……？」

キュロスは見えなくなったドラゴンから視線を外す。

ひとまず、見たものを報告する必要がある。彼は目であって、脳ではないのだ。

「む……」

と、その瞬間、あるものを捉えた。

人である。もっとも、デーモンはかつて、彼らを人間と扱っていなかった。

人間にも魔獣にもなれぬ、憐《あわ》れな下等種族として、見下していた。

オークとフェアリーだ。

「まさか……！」

キュロスは胸騒ぎを覚えつつ、あることを思い出した。

つい先日、あの二人がこの要塞へとやってきた。

その二人が国内に入ってきたのを確認したのは、まぎれもないキュロスだ。討伐部隊の全滅を見届けた所で視線を外したから、その後彼らがどういった行動を取ったのかは見ていない。どうせドラゴンに見つかって死ぬだろうと思っていたが、彼らは全滅した討伐部隊の一人に治療を施し、この要塞へと連れてきてくれたらしい。

そんな彼らは、ドラゴンを倒すと言って、旅立っていったそうだ。

それを聞いたキュロスは鼻で笑った。

なんなら、デーモンの誰もが、鼻で笑っただろう。

お前ごときがドラゴンに勝てるわけがないだろう、と。

だが奴《やつ》は『竜断頭』だ。ドラゴンを倒したことがある。

デーモンがドラゴンを地上に叩《たた》き落とし、大勢で攻撃し弱らせたからこそだという声もあるが、それでも淡い期待を抱いてしまっているのも確かだ。

二人は要塞に向かってきてはいない。ドラゴンは山から遠ざかっていく。

キュロスは物見櫓から飛び降りた。

かつては伝令員がいたが、今はもういない。

キュロスは自分の足で報告を届けなければならなかった。

■

「伝令！」

キュロスが作戦会議室に入ると同時に、その場にいた者たちが立ち上がる。

昨今、キュロスが報告に来るということは、ドラゴンの襲撃を意味していた。

迎撃に出なければならない。

たとえ敵《かな》わぬとわかっていても、抵抗の意志を見せなければ、ドラゴンとてこの要塞を攻め落とすだろう。

「ドラゴンが飛び立ち、南東の空へと消えてゆきました」

しかしその報告を聞き、彼らは中腰のまま互いに顔を見合わせることとなった。

「どういうことだ？　南東？　国境に向かったということか？」

しかし、その報告に目をカッと見開いた者もいる。

『暗黒将軍』シーケンスだ。

「オークは見たか⁉」

シーケンスは全ての目を見開いていた。

普段はほとんどしゃべらない老将の切羽詰まった大声に、キュロスはややたじろぎつつも、こくりと頷く。

「ハッ、オークとフェアリーはドラゴンからやや時間を置き、国境の方に向かって移動しておりました。それが何か関係が？」

「やったのか！　バッシュ！」

シーケンスは喜色満面の笑みで立ち上がった。

その場にいたデーモンたちは瞠目《どうもく》する。

ここ数か月、シーケンスがここから立ち上がることは無かった。それどころか、身動きすらしない日が多かった。このジジイ、死んでるんじゃないかと疑いたくなるほどだ。

「シーケンス様、一体どういう」

「先日、『オーク英雄』バッシュがドラゴン討伐に出たのは知っているな？」

「そんな、いや、まさか……」

シーケンスの言葉に、デーモンたちはどよめいた。

確かに彼らも知っている。

『竜断頭』。

レミアム高地の戦いで、バッシュがドラゴンの首を落とした事は、あまりにも有名だ。

だが、あれは、あくまでデーモンがドラゴンを魔法で地面に引きずり下ろし、大軍勢をもって疲弊させたからにすぎない。

オーク一人でドラゴンと戦って勝てるものではなく、バッシュがドラゴンを倒したのは、あくまでデーモンのお膳立てあってのもの。

デーモンの多くは、そう信じていた。

「信じたくなければ、信じずとも良《い》い。だがバッシュは宣言通りドラゴンと戦い、殺すには至らず、撃退したのだろう」

「ならばなぜ、この要塞に戻ってこないのですか？　オークならば、凱旋《がいせん》するはず！」

「まだ倒していないからだろう。とどめを刺すために追ったのだ」

律儀《りちぎ》なことだ、とシーケンスは思う。

ドラゴンの生態はよくわかっていないが、一度縄張りを脱したドラゴンは、その縄張りには二度と戻ってこないとされている。あくまで一説にすぎないが……しかし、ドラゴンが消えたのは確かだ。

ドラゴンが戻ってこないとも限らないが、少なくとも、数日ぐらいは昼間に自由に活動ができよう。

「何にせよ、デーモンは、救われたのだ。オークの手によってな」

バッシュはドラゴンと戦い、勝利したのだとシーケンスは確信していた。

対し、この場にいるほとんどのデーモンは、半信半疑だ。

だが、長らくドラゴンの脅威に怯《おび》えて暮らし、幾度となく討伐を試みて失敗してきた経緯があった。

伊達《だて》や酔狂でドラゴンがいなくなることなど無い。

そして、ドラゴンの山に踏み入り、無事に下りてきた者も、いない。

バッシュは確かに勝利したのだろう。ドラゴンが尻尾を巻いて逃げ出すような勝利を得たのだ。

「これほど屈辱なことはないな」

シーケンスの言葉に、デーモンたちは歯噛《はが》みした。

デーモンは、ドラゴンに手も足も出なかった。

一度勝利したのだから勝てると意気込んで敗北し、本腰をすえて戦ってなお勝てなかった。

結局、デーモン王ゲディグズがいなければ、レミアム高地でのドラゴン討伐も、ありえなかった事なのだと痛感させられた。

そこにきて、たった一人のオークが、ドラゴンを倒してみせた。

『竜断頭』のバッシュが、その名に違《たが》わぬ戦果を収めたのだ。

ならば、デーモンは何なのだ。無駄に高貴にふるまって、居丈高にオークを馬鹿にして。

一体いつまで自分たちが上位者でいるつもりなのだ。

「……」

ガタリと音を立て、デーモンの一人が立ち上がった。

女であった。青い肌に白い髪、赤い目を持つハイデーモン。

身体は引き締まりつつも、女らしく出る所は出ている。

バッシュがこの場にいたなら、跪《ひざまず》いてプロポーズしたこと間違いなしの美女であった。

「もはやデーモンの威光は地に落ちた」

女はハッキリとそう言い切ると、部屋の中は沈痛な空気に沈んだ。

認めたくなど無かったが、しかし認めなければいけないのだ。

デーモンは負けた。自分たちが思っているほど屈強な種族でもなければ、強くも偉くもなかった。馬鹿にしていたオークにすら勝てないのが、今のデーモンなのだ。

「閣下。『オーク英雄』バッシュ様は、デーモンの救い手となりました。このまま礼もなく帰してはデーモンの誇りに傷がつきます。威光が地に落ちようと、誇りまで失っては、あの世にてゲディグズ様に合わせる顔もなし」

「礼か」

「バッシュ様は、デーモンの女を欲《ほっ》していたと。そう聞き及んでおります」

「そうだな。冗談交じりではあったが、確かにそう言った」

バッシュは冗談など一言も言っていないが、確かにそう言った。

「ならば、私がかの英雄を娶《めと》り、生涯を懸けて礼を尽くして参りましょう」

「馬鹿な！」

「デーモンがオークのモノになるだと⁉」

「それがどういうことかわかっているのか⁉　誇りを捨てるつもりか！」

女はその言葉を鼻で笑う。

「勘違いするな。私とてデーモンの女だ。私がオークのモノになるのではない。オークが私のモノになるのだ」

「そうは言うが……」

「オークだぞ、あの醜く愚かな種族にデーモンが嫁ぐなど……」

デーモンたちが不満を漏らす中、シーケンスだけが静かだった。

だがその言葉を聞き、口を開く。

「もう一度言うぞ。我らはオークを下等な種族だと見下してきたが、そのオークがドラゴンを撃退し、脅威は去った。レミアム高地に続き、『オーク英雄』バッシュは二度、我らデーモンの窮地を救ったのだ」

「むぅ……」

「この数年、我らを苦しめ続けた元凶の一つを消し去ったのだ。それも単身でな。デーモンならば、真《まこと》に力を持つ者に対し、弁《わきま》えた言動をせよ」

デーモンたちは難しい顔をして唸《うな》った。それほどまでにオークを認めるというのは難しいことであった。

しかし、確かにシーケンスの言う通り。

危機は去ったのだ。

この数年、デーモンたちがどれだけ策を弄しても勝ち得なかった相手を、オークが撃退したのだ。

無論、また戻ってくる可能性も無いではないが、久しぶりに太陽の下を出歩けるのだ。

「そうだな……オーク全体は無理だが、少なくとも『オーク英雄』だけは認めなければなるまい……」

デーモンは気高き種族だ。

己が上位であることを至上とする。

しかしそれは、あくまで力が、知恵が、上だからだ。存在が上位にあるからだ。

他者に上を行かれた時にそれを認めず、何が気高いというのか。

シーケンスはその返答に満足し、女へと振り返る。

「さて、我が娘アスモナディアよ」

「はい。父上」

「儂《わし》はすでに、バッシュにお前をやる約束をしている」

「ほう、それは好都合。ですが……なぜ？」

「もう死んだと思っていたからだ」

「死んでいたでしょう。あの雪原で、かの英雄に救われなければ」

女――アスモナディアが思い返すのは、つい先日の出来事だ。

血気盛んな若者たちを引き連れ、意気揚々とドラゴン討伐へと赴いた時のことだ。

勝てると思っていた。

若者たちは、若輩とはいえ腕が立つ。皆、ヒューマンの執拗《しつよう》な追撃を生き延びた者たちだ。ドラゴンの巣に裏口を作り、寝込みに奇襲をかければ、苦戦はすれども倒しきれる。

そう思っていた。

結果は無残な敗走だ。

ドラゴンは、魔法で限りなく存在を薄めたデーモンたちの侵入にあっさりと気づき、その巨体で一瞬にして数人をひき肉に変えた。ドラゴンが爪を振るう度、ドラゴンが牙を突き立てる度、一人、また一人と死んでいった。

デーモンたちの魔法は全て鱗《うろこ》にはじかれ、ならばと剣や槍《やり》を突き立てたが、鱗には傷一つつかなかった。

苦戦はすれども勝てると思った自分がいかに愚かだったか、いかにドラゴンが別格の存在なのかを思い知らされた。

数名がやられた所で撤退を決意した。

しかしそれが正しかったとは言えまい。なんとか巣からは脱したものの、身を隠す場所のない雪原にて追い付かれ、なすすべもなくブレスで黒焦げにされたのだから。

ハイデーモンとして、高い魔力耐性を持っていたからこそなんとか即死は免《まぬが》れたが、まさに虫の息だった。

自分を信じて付いてきてくれた若者たちの死骸の中で、情けなさと申し訳なさに塗《まみ》れていた。このまま死にたくないと思いつつも、目は溶け、肺は焦げ、筋肉は炭化し、身動きどころか意思表示すらできなかった。

そこに現れたのがバッシュだ。

彼は貴重なフェアリーの粉をアスモナディアに振りかけさせると、黒炭になった身体を背負い、ギジェ要塞へと運んでくれたのだ。

ドラゴンがまだ空にいるかもしれない中、危険を顧みずに。

「とはいえ、死体を受け取っても礼にはなりますまい。生きていてよかった」

忘れまい。忘れるものか。命が助かり、安堵《あんど》したあの瞬間を。

あの広い背中の温かさを。仲間の仇《かたき》を討ってくれた恩を。

「父上の戯言《たわごと》の詫《わ》び、ドラゴンを撃退したことで救われたデーモンの礼、そしてドラゴンに敗れ、死を待つばかりだった私の命の恩、全て返して参りましょう」

「うむ」

娘の言葉にシーケンスは深く頷《うなず》いた。

「では、すぐにでも出立させていただきます」

デーモンの将『暗黒将軍』シーケンスの最後の娘、アスモナディアが会議室を出ていく。

旅立つのだ、『オーク英雄』バッシュの下へ。

きっと過酷な旅になろう。

ドラゴンのせいでほとんど国外との関係が断たれていたが、ヒューマンたちがデーモンに対し過剰なまでの警戒心を抱いていることに変わりはなく、関係修復の目途は立たない。

それに、以前出ていったポプラティカの一味が暴れているなら、肩身の狭い思いもしよう。

だがそれでも、シーケンスは自分の娘なら試練を乗り超え、バッシュの下に嫁ぐだろうと確信していた。

なにせ、『オーク英雄』バッシュが、きっと似たような道のりを歩んできたのだから、その妻になろうというデーモンが同じ道を歩けぬはずもなし。

二人の婚姻は、オークの種族的地位を向上させるだろう。

かの『オーク英雄』の望み通りに……。

それよりも、とシーケンスは改めて会議室を見渡す。

ドラゴンが飛び去ったと知り、困惑気味のデーモンたち。降ってわいた幸運と、自分たちがオークより遥《はる》かに脆弱《ぜいじゃく》だったという事実に、どうしていいのかわからない顔の配下。

そして、窓から見える、ドラゴンのいない蒼天《そうてん》。

ドラゴンがいなくなればやろうと思っていたことが、山ほどあった。

デーモンはこれから、忙しくなるだろう。

「バッシュの英雄譚《たん》を聞きそびれたな」

そう呟《つぶや》くシーケンスの口元は、礼も言わせず去っていった英雄がこの先起こすであろう逸話に想《おも》いを馳《は》せ、自然と上がるのだった。

12.暗躍者たち

その遺跡は、レス雪原を越え、さらにドラゴンの住む山を越えた先にあった。

なめらかな石で造られたそれは、長い年月で風化し始めていたが、しかししっかりとその形を残している。

名前も無き遺跡だ。

あるいはここがまだ遺跡ではなかった頃には、何かしらの名前がついていたのかもしれないが……。今となっては誰も訪れることのない、その存在すら限られた者しか知らない、寂れた遺跡である。

そんな遺跡に、一人の女が入り込もうとしていた。

断崖の氷壁を軽やかに登り、遺跡の凍り付いた石扉を軽々と押し開き、中へと身体を滑り込ませる。

後ろ足で石扉を蹴って閉めると、彼女の周囲は静寂に包まれた。

遺跡の中は、朽ちた外見とは裏腹に、綺麗《きれい》なものであった。

大部屋の中空には大規模な魔法陣が描かれ、無数の光の線が小部屋へと伸びていた。

魔法陣の効果なのか、埃《ほこり》が積もり、古びてはいるものの、風化した気配はない。

どの小部屋にも、一見すると何に使うのかわからぬものばかりが並んでいる。

だが、ある一部屋にだけ、わかりやすいものが並んでいた。

本だ。

大量の本が本棚に押し込められるのみならず、床にもうずたかく積まれていた。

女はその部屋に足を踏み入れる。

本の山の中に、一人の女がいた。

ガリガリに痩せた身体に落ちくぼんだ目、うねうねとした髪をもつその女の名はポプラティカ。

『影渦《シャドウヴォーテクス》』のポプラティカ。

デーモンの熟練魔導士にして、かの『暗黒将軍』シーケンスの娘が、本の塔の上にお行儀悪く座りつつ、一冊の本に目を通していた。

目の下の隈《くま》はいつもよりも色濃く、疲労が見える。きっと寝ていないのだろう。

部屋に侵入者があっても、彼女がその視線を本から上げることはない。

気づいていないのかもしれない。夢中になっているのだ。鬼気迫る表情で、その本に書かれた文章を追っているのだ。

「ただいま。取ってきたよ」

女が声を掛けると、ポプラティカはハッとした表情で顔を上げた。

そして、本の塔の下にいる女を見て、弱弱しい笑みを浮かべた。

「お帰り、お姫様。ずいぶん遅かったね」

「グリフォンを潰されてね。それと、お姫様はやめてくれないか？」

「王子様がいい？」

「それは別にいるからダメさ」

「面倒。名前を捨てる前に呼び名ぐらい考えておいて」

名無しの女は肩をすくめると、背中に背負ったカバンから、虹色に光る石を取り出した。

それを無造作にポプラティカの方へと放り投げる。

「気を付けて、貴重なものなんだから」

「それだけ力を持った物体が、投げ落とした程度で壊れたりはしないさ」

ポプラティカは危なげなく石をキャッチし、それをしげしげと眺める。

「聖樹《せいじゅ》の種の時も思ったけど、綺麗だね」

「それがあった殻も綺麗だったよ。流石は偉大なる生物、といった所かな？」

「大昔には、こんな力を持った生物が闊歩《かっぽ》していた……そう聞いても、ピンとこないのは確か」

ポプラティカは、己の読んでいた本の背表紙を指でコンと叩《たた》きつつ、そう言った。

この書庫にあるのは、ほとんどが歴史書だった。

長い長い、この大陸の歴史が記された本だった。この大陸に人間が発生した頃から、人間たちが戦争を始めるまで……全ての歴史が、ここに保存されていた。

「どこまで読めたんだい？」

「結構前まで」

ポプラティカはそう答え、本をパタンと閉じた。

ここには全ての歴史が書かれているが、戦争が始まった頃までならともかく、時を遡ればば遡るほど、言語と文字は変化していき、解読に時間が掛かった。

特に原初の時代の文字など、もはや文字にすら思えぬ記号が並ぶばかりだ。

もしポプラティカ一人であれば、この書庫の十分の一も読めていなかっただろう。

彼女がこの書庫の中身を知れたのは、先人がいたからだ。

この書庫に立ち入り、難解な文章を解読し、今の言葉に翻訳した者が、過去にいたからだ。

ごく一部だけだが、その者が解読し、翻訳し、要約した本があった。

そのおかげで、ポプラティカは内容を知ることができた。

かつてこの大陸には、人智《じんち》の及ばぬ偉大な生物が闊歩していた。

この大陸の支配者は、人間ではなかった。その生物たちがなぜ滅んだのかは、定《さだ》かではない。先人の残した翻訳書のおかげで、古人たちが「おそらく互いに争いあったのではないか」という推測をしている事は知れたが、それも推測に過ぎない。

ただ一つ事実として言えるのは、偉大なる生物たちは死に絶え、その力の一端が大陸中に残っているということだ。

それはビーストの聖樹であり、サキュバスの聖地であり、エルフの墓所であり、オーガの大顎であり、ドワーフの黄金であり、ヒューマンの聖典であった。

それが、偉大なる生物たちの残骸であるなどとはどこにも記されていなかったが、そうであることなど、少し考えればわかることだった。

「あとは、ヒューマンの聖典だけ」

「おや？　ということは、アルドリアは失敗したのか？」

「うん。残念だけどそうみたい」

偉大なる生物の残骸は、時にそこらに放置されている。

エルフの墓所は、長い戦争の末にただの瓦礫《がれき》の山と化していたし、ドワーフの黄金は屑《くず》鉄《てつ》の山の中に放置されていた。

その他、名も無き残骸は幾つもあった。

だが、見る者が見れば、それに力が宿っていることはわかる。

力が宿る物は、時に信仰の対象になることもある。例えば、ビーストの聖樹や、サキュバスの聖地のように。それらを確保しに走れば、確実に自分たちの目論見《もくろみ》がバレる。目論見がバレずとも、何かしらの勢力が裏で動いているとわかる。

ゆえに、ビーストの聖樹や、サキュバスの聖地、そしてヒューマンの聖典は、ほぼ同時に取りにいったのだが……。

どうやら、ヒューマンの聖典に関してだけは、失敗したようだった。

「あと二つか……」

「違う。あと一つ」

「ん？　一つ？　最後の一つは全員が戻ってきてから、総力戦で取りに行くという予定だったじゃないか」

「それは策が思いつかなければの話」

「つまり、何か思いついたということかい？」

女の言葉に、ポプラティカは首を振る。

「違う。でもいなくなった」

「いなくなった？　どういうことだ？」

「わからないけど、私の妹が討伐隊を組織したって噂《うわさ》を聞いたから、もしかすると討伐できたのかもしれない」

「今のデーモンに、ドラゴンが討伐できるとは思えないけどなぁ……」

「なんでもいい。今、キャロットが取りに行ってる」

女が首をかしげていると、部屋の扉がキィと音を立てた。

女は、ぬるりと足音もなく入ってくる者が一人いることを、気配で察した。

「あらぁ～？　随分と遅かったのねぇ、お姫様ぁ～？」

振り返ると、美しい肢体をくねらせながら歩いてくる、一人のサキュバスがいた。

かつてサキュバス軍にその人ありと言われた将軍、キャロットである。

「心配してたわよぉ？　何かあったんじゃないかってぇ」

キャロットは、名も無き女の顎に指を添わせ、つつっと動かした。

挑発しているともとれる行動だが、決してそういうわけではなく、普通に心配していたのである。

ヒューマンやエルフの国でやれば大顰蹙《だいひんしゅく》を買う、サキュバスの仕草であった。

もちろん、女の方は理解しているがゆえ、特に不快な表情を見せることもなく、自然に言葉を返す。

「ああ、グリフォンが途中でやられてね？」

「えぇ？　簡単に言うけど、自然にそうなったわけじゃないわよねぇ？　誰にやられたの？　お姉さんに教えてごらんなさい？」

「オークだ。それもただのオークじゃない。君たちも言ってた、あの『オーク英雄』さ」

「えぇ！　バッシュ様に会ったのぉ⁉　よく生きていたわねぇ⁉」

「ああ、私が女でなければ、殺されていたかもしれないな」

「あらぁ！　もしかしてバッシュ様に負けて、犯されちゃったの？　羨ましいわぁ！」

「まさか、ただ乳を放り出して油断させたってだけさ。けど、プロポーズはされたよ」

瞬間、底冷えするような冷気が場を支配した。

「そう、羨ましいわね」

嫉妬であった。

名無しの女は気づかぬはずもないが、気づかぬフリで返事をする。

怒らせたと焦《あせ》る必要もない。この話の結末は、きっと目の前のサキュバスにとって嬉《うれ》しいものだと知っているから。

「だろう？　オークでも、あれほど情熱的なプロポーズができるのだな。この顔になってから美しいと言われたのは初めてだよ」

「それで、どうしたの？　受けてバッシュ様のお嫁さんにでもなるの？」

「残念ながら、そうはならなかったさ。私と、私に殺されかかっているオーガの子供たち、どっちを取るかと聞いたら、あっさりオーガの子供たちを選んだからね。オークだというのに、立派なことだよ。尊敬に値する」

それを聞き、キャロットは破顔した。

「でしょぉ〜？　バッシュ様はそこらのオークとは格が違うんだからぁ」

キャロットの態度が軟化する。

かのバッシュにプロポーズされたという事実に対し嫉妬の心はあるものの、女より人助けを選んだという話に、キャロットは破顔した。

そう。他のオークではそうはいくまい。やっぱり私のバッシュ様は最高なんだから。

「無駄話、終わってもらっていい？」

二人の会話を黙って聞いていたポプラティカは、そう言うと本の塔からスルリと飛び降りた。

手に持っていた本を無造作にそこらに置いて、キャロットへと手を差し出す。

キャロットはそれに応じて、懐《ふところ》から青白く光るサンゴのような物体を取り出し、彼女に渡した。

「これで、あと一つ。帰ってきたばかりで悪いけど、二人にはもう少し働いてもらう」

「もちろん」

「わかってるわ。私だってそのつもりよぉ。なんだったら一人で行ってきてもいいんだからぁ」

ポプラティカはその返答を頼もしく感じつつ、歩き出す。

「ん。でもアルドリアでダメだったなら、警戒されてるだろうし、三人じゃ足りないと思う。もう少し連れてこう」

残る二人もポプラティカに追従した。

小部屋を出て、大部屋へ、大部屋を出て廊下へ。

長い廊下を越えた先には下への階段があり、それを下っていくと、大きな祭壇があった。

今の大陸の建築様式のどれにも似ていない。

エルフのものとも、デーモンのものとも違う。

立ち並ぶ柱は人の手で作られたものとは思えないほど太く高く、天井は山の中であると思えないほどに高く、何らかの神を祀っていたであろう祭壇は、暗い紫色に光っていた。

ただ巨大だった。
こんなものが山の中に存在していることに、誰もが違和感を覚えるほどに。
三人は長い廊下を歩き、祭壇の奥へとたどり着く。
キャロットと名無しの女は祭壇を見上げる。
祭壇の台座には、この三年で集めてきた遺物が並べられていた。
もうすぐ、その苦労が報われる。
そう考え、三人の胸の内に少しばかり熱いものがこみあげてくる。
だが、溢《あふ》れるほどではない。なぜなら、まだ始まっていないからだ。
あと一つ、残っている。
「おぉ、無事に帰還したか！」
祭壇に声が響く。
二人が振り返ると、そこには様々な種族の影があった。
デーモンがいた、オーガがいた、サキュバスがいた、リザードマンとハーピーもいた。
フェアリーこそいないものの、オークもいる。
それどころか、ビーストやドワーフ、エルフの姿もあった。
総勢二十名、彼らは皆、異様にギラついた目で、ポプラティカたちを見上げた。

彼らの先頭に立つのは、やはりデーモンだった。

巨大な四本の魔剣を背負った、巨漢のデーモン。

名はネザーハンクス。

人は彼を『剛剣将軍』と呼ぶ。

デーモンの中でも指折りの実力者であり、生粋の武人であった。

「アルドリアは、やはり帰らぬか？」

「うん」

「死んだか？」

「さぁ？　捕まって拷問を受けてるのかも」

「拷問で何かを吐くような男ではあるまい。潔《いさぎよ》く死んだと考えるか！」

ネザーハンクスは豪快に笑い、ポプラティカを見下ろした。

「尻ぬぐいしてくるよ」

「うむ。どうする？　儂《わし》が出るか⁉　あるいは全員で行くか⁉」

「オジさんは目立つから駄目。戦力も残しておかないと、ゲディグズ様が蘇《よみがえ》ったら、忙しくなるし……でも何人か借りるよ」

「了解した！　好きなのを連れていけぃ！」

「言われなくてもそうする」

その会話に、二十名の勇士たちが前に出てくる。

誰もが歴戦の戦士《ウォーリア》だった。

名のある戦士だ。戦いの中でしか生きられぬ、戦いに愛された寵児《ちょうじ》たちだった。

そして、全員がこの平和に不満を抱いていた。暗闇の中で牙を研ぎながら各地を放浪して、ここにたどり着いた、選ばれし者たちだった。

この集団の発起人はポプラティカだが、全員、気持ちは同じだった。

「じゃあ、君と、あと君で……」

ポプラティカはその中から二人選ぶと、踵《きびす》を返《かえ》す。

四人が無言で、それについていく。遺跡から出ていく。

「吉報を待っているぞ！」

ネザーハンクスの言葉を背中で受けながら、彼らは出立する。

手に入れるべきは、ヒューマンの聖典。向かう先は、ゲディグズの侵攻の際、ヒューマンが孤立無援となり、指揮官を失ってもなお守り抜いた場所。

パイルズ川の先、アルカンシェル平原を越えた場所にあるザリコ半島。

ヒューマンの飛地《とびち》、ブラックヘッド領である。

閑話　アスモナディアの暗躍

『黒　雷《ダスキィライトニング》』のアスモナディア。

デーモンの中でも上位に位置する、ハイデーモン。

シーケンスの三人の娘の一人。

彼女は名家のハイデーモンの子女らしく、超越せよ戦場の華となれと育てられ、あらゆることを叩《たた》き込まれた。剣術、槍術《そうじゅつ》、弓術、魔法といった武芸から、戦略、戦術、鍛冶、内政、外交、交易に至るまで、得意不得意はあるものの、できないことが無いようにと育てられた。

アスモナディアは、特に武術において顕著な才能を見せた。

巨大な斧槍《ふそう》を振り回して戦場を駆ける姿は、四種族同盟の戦士たちを震え上がらせた。

魔法に関しても、ポプラティカほどではないが卓越しており、その二つ名ともなった『黒雷』は、『雷逸《そ》らし』とも言われたドワーフの名工ガバラバンガの鎧《よろい》を盾もろとも貫通し、ドワーフの戦士を何人も死に至らしめた。

デーモンにしてはやや思慮に欠け、猪突《ちょとつ》猛進なきらいがあるため、指揮官としては決して有能とは言えないが、戦士としては攻守ともに隙は無く、デーモンの中でも指折りの戦士という評価を受けている。

ヒューマンからすれば、要注意人物の一人である。

「ふむ」

そんなアスモナディアは、国境を訪れていた。

デーモンとビーストの国を隔てる、唯一の国境である。

「嘘《うそ》を吐《つ》くなら、もっとまともな嘘を吐け」

「嘘ではない。私は『オーク英雄』を娶《めと》るため、オークの国へと赴くのだ」

そして、国境警備のヒューマンに止められていた。

「デーモンがオークを娶るわけがないだろうが……」

アスモナディアの主張に対し、そう返すのは、つい先日、この国境を警備するために送られて来たばかりの部隊の隊長である。毅然《きぜん》とした態度を取ってはいるものの、有名なデーモンの将を前に、緊張を隠せていない。

「そうだな。我ら気高きデーモンが、オークを娶るなど、前代未聞《ぜんだいみもん》、嘘であると思われても致し方あるまい。しかし真実だ。デーモンは先立っての恩を返すべく、私は『オーク英雄』を娶るのだ」

「なるほど……」

わけがわからない、と国境警備隊の隊長は思った。

とはいえ、『オーク英雄』はつい先日、外遊騎士団に連れられてブラックヘッド領へと護送されたばかり。彼女はそれを追ってきたのだろう、ということはわかった。

もっとも、それがわかった所で、彼女の本当の目的はわからないが……。

「現在、ポプラティカの一味が各国を騒がせていることは知っているな？」

「知らん。情報を遮断していたのは貴様らヒューマンだ。仮に知っていたとしても、姉が何をしていようが私には関係ない」

知らないとは言わせない。関係ないとは言わせない。

そんな気概を込めて言った言葉だが、あっさりとそう返された。

「どうだか、貴様らデーモンは腹芸が得意だからな」

「腹芸が得意とは随分とほめてくれるじゃないか？　だが、お前たちヒューマンには敵《かな》わんさ。敵だけでなく味方をも騙《だま》すお前たちにはな」

「何の話だ？」

「一兵卒にはわからんか。騙されている自覚すらないとは……。まあよい。改めて言わせてもらうが、私は姉とは関係が無い。姉が何かしらの暗躍をするなら、各国を騒がせることぐらいはするだろうが、何を目的にしているかまではわからん。が、想像は付く。お前たちヒューマンと再度戦う術《すべ》を見つけ、この時代をひっくり返そうというのだろう」

「……」

「姉は策士だ。やるなら『一矢《いっし》報いる』などという中途半端《ちゅうとはんぱ》な策では動かん。勝算あってのことだろう。ゆめゆめ備えておくことだな。私を含め大半のデーモンは姉が何をしているかなど知らんが、戦が始まったなら、ギジェ要塞のデーモンも呼応するかもしれんぞ」

隊長はゴクリと唾を飲み込んだ。

目の前の女デーモンから立ち上る異様な覇気に、思わず腰の剣に手を伸ばしそうになる。

しかし、剣を抜くことは無い。

それこそ、『一矢報いる』ことすらなく、返り討ちにあうだろう。

ハイデーモンは、それだけ強力な相手なのだ。

「しかし何度も言うが、私には関係ない。私は『オーク英雄』を夫とするだけだ。『オーク英雄』が姉と通じ、貴様らと事を起こそうと思っているのなら、私も戦線に加わろうが……その可能性は低かろう」

「なぜ、そう思う？」

「『影渦《シャドウヴォーテクス》』のポプラティカが何を企《たくら》んでいるにしろ、『オーク英雄』という駒を、ドラゴン討伐などという蛮行に使ったりはしないからさ」

「ドラゴン退治……？　先日、ドラゴンが飛び去ったという情報があったが、まさか……」

「そう、『オーク英雄』がドラゴンを退け、我らデーモンを救ったのだ」

にわかには信じがたい話……というほどのこともない。

『オーク英雄』がドラゴンを殺したという噂《うわさ》は、ヒューマンの中でも有名だ。

それがどれだけの偉業であるかは、ドラゴンとまともに戦ったことのないヒューマンには、いまいちわからぬことであるが……。

「その程度でデーモンが、オークを？」

「その程度……？　無礼な奴《やつ》だな。だが、お前がそう言いたくなる気持ちもわかる。なにせ我らも、ドラゴン程度はどうとでもできると考えていたからな。賢者に連れられ、鳴り物入りで戦場に現れ、しかし大した戦果も挙げずに死んだドラゴンを軽視するのは、自然の考え方であろう。だがな、ドラゴンという生物は、我らやお前たちが思っている以上に、強大な生物だ。我らデーモンが押さえつけられるほどになな」

勝てる者など、そうそういないのだよ、とアスモナディアは言う。

隊長はその答えにピンとはこなかったらしく、眉を上げるにとどまった。

アスモナディアは、それを見て、「わからんか」と静かに笑った。

「というわけで、国境は通らせてもらう」

「待て。何が、というわけでだ。通さんぞ。条約がある限りデーモンは国境を通れないと決まっている」

「いいや、決まっていない」

「なに⁉」

己が言葉を否定され、隊長は色めきたった。

しかしアスモナディアは冷静だ。微笑《ほほえ》みながら、ニヤニヤと言葉を続ける。

「条約では、デーモンの通行は禁じられておらん。そして私は国境を越える条件を満たしている」

「条件？」

「お前たちヒューマンが決めた条件だ。忘れたとは言わせんぞ」

そう、ヒューマンは、確かにデーモンに国を出るための条件を提示した。

『一つ、武装を禁ずる』

『一つ、サキュバス、オーガとの交流を禁ずる』

『一つ、招かれていること。また訪問先と理由を明示し、それが四種族同盟に不利益を与えないこと』

アスモナディアはニタリと笑った。

「つまり、我らは国境を越えることを禁じられてはいない。武装蜂起や、サキュバスやオーガと共謀して反乱を起こすことなどは禁じられているが、それ以外の国との外交は許されている。今まで、ドラゴンのせいでそれもできなかったがな」

ニヤニヤと笑うアスモナディアに、隊長の冷や汗が増した。

何か自分が、取り返しのつかないミスをしてしまったかのような、そんな冷や汗がダラダラと額から流れ落ちていく。

「……招かれているわけでは、あるまい」

「招かれたさ。『オーク英雄』は私を欲《ほっ》した。私は同意し、彼の国に行く。これが招かれたのではなく、なんだというのだ」

はっきりとそう告げるアスモナディアの表情は、まるで乙女のようであった。

しかし、そんな表情はすぐに消えた。

そして出てくるのは、悪魔の顔だ。

相手のミスをあざ笑い、己の勝利を宣言する、デーモンの表情だ。

「ヒューマン、お前たちは少しばかり増長していたのさ。我々デーモンが、武器を捨て、リザードマンやハーピー、ましてオークやフェアリーが差し伸べる手に縋《すが》るはずなどないとな」

隊長もアスモナディアも知らないことであるが、決してヒューマンが増長していたわけではない。

条約に調印した『暗黒将軍』が、抜け道をいくつも用意していただけの話である。

あるいは、戦争と平和を繰り返した世界であるなら、そうした抜け道はすぐに発見され、調印前に潰されていただろうが、なにぶん、この条約を考えた者たちは、停戦すら経験したことのない者ばかりであった。

「どうする？　『知った事か』と言ってもいいぞ。たった五人で私を、この『黒雷』のアスモナディアを止められるならばな」

五人。

そう、かつては三十人以上が詰めていたこの砦《とりで》だが、現在は五人しかいない。

新たに配備された兵士たちも、決して手練《てだ》れというわけではない。

あるいは、ブラックヘッド領の事件の情報が届けば、この砦を最初の防衛ラインとして機能させるため、数百名、あるいは千人規模の兵士が送られるかもしれないが、今は五人だ。

隊長以下、特に腕に覚えもない。

もちろん、戦争を生き抜いた者たちであるがゆえ、それなりにはやれるが……あのアスモナディアと戦うとなれば、全滅は必至であろう。

むしろ、アスモナディアがなぜそうしないのかわからないぐらいである。

押し通ればよいのだ、この女は。

そう考えると同時に、隊長の全身に寒気が走った。

「いや、すまんな」

それを見据えてか、アスモナディアの表情が和らぐ。

説教を終えた教師のような、許しを与える司祭のような、優し気な表情に。

「お前の立場では、止められぬとわかっていても止めると言わざるを得まい。悪い質問だったよ」

「……」

「お詫《わ》びに一つ、お前に情報をもたらしてやろう。取引の結果ということなら、お前の立場というものも守られるだろうからな」

隊長はゴクリと唾を飲み込んだ。

正直、アスモナディアが通ると言えば、通さざるを得ないのが現状だ。

自分たちがそれを見過ごしたとして、そうなれば、叱責されるのは間違いあるまい。

なんとかしがみついた、兵士という職も、失うかもしれない。

そんな中でもたらされる、甘い一滴。

「情報……？」

罠《わな》だとわかっていても、自分が許されるかもしれない蜜に、隊長の心は引き寄せられた。

「デーモンの現在の状況についてだ。偵察すらロクによこさない貴様らにとって、喉から手が出るほど、欲しい情報だろう？」

「……聞こう」

隊長は頷《うなず》き、アスモナディアからもたらされる情報を耳にいれた。

デーモン。

かつて栄華を誇った最強の種族は、今や滅びの時を迎えている、と。

しかし最大の脅威は取り除かれた。

これから勢力として盛り返してくる可能性は高い。そして、追い詰められたのは事実であり、ポプラティカが決起したなら、デーモンの大半は、それに乗るだろうということも。

にわかには信じがたい言葉であった。

デーモンはよく嘘《うそ》を吐《つ》くのだ。それもフェアリーの吐くそれよりも数倍は悪質な嘘を。

が、アスモナディアの情報を信じるか否《いな》かを判断するのは、隊長ではない。

もっと上の人間である。

隊長はただ、アスモナディアからそんな情報がもたらされたと、伝えるだけでいいのだ。

「……報告はさせていただく」

「そうしろ。私は通らせてもらう」

アスモナディアはそう言うと立ち上がり、颯爽《さっそう》と砦を通過していった。

誰も彼女を止めることはなく、彼女もまた振り返ることはなかった。

■

『黒雷』のアスモナディア、国境を突破する。

その情報は、瞬《また》く間《ま》に四種族同盟内を駆け巡った。

各国は、彼女の行動に関して、首をかしげざるをえなかった。

アスモナディアという人物についての情報はあったが、彼女が何を考え、何を目的としているのかを見極められなかったからだ。

オークの妻となる。そんな言葉を鵜呑《うの》みにするほど、各国は頭がおかしくはない。

ポプラティカに付いて暗躍していると考えるのが自然であった。

しかし、だとしても彼女が大々的に動く理由はない。国境を通るなら、かつてそうしたように、国境の兵士をこっそりと皆殺しにすればよいのだ。

不可解な行動に、各国の首脳陣は首をかしげざるをえなかった。

だが、もしポプラティカに合わせて動いているのなら、止めなければならない。

アスモナディアを捕らえ、拷問して情報を吐かせよう。

間違っていたならそれでも良《い》い。デーモンが一人死んで困ることなど、何一つない。

そう考えたのは、アスモナディアが己の領地を通過することとなったビーストだ。

先の騒動の末、『オーク英雄』に対し、多少の溜飲《りゅういん》は下げたビースト。

だが、七種族連合への恨みつらみは変わらず持っている。

戦争が終わったがゆえ、自分たちから積極的にデーモンを排除すべく動くことは無いが、
チャンスを見逃すほど浅い傷ではない。

まだ彼らの中には、故郷を追われ、絶滅寸前まで追い詰められた記憶が、深く刻まれているのだから。

そして、そこについ一年ほど前、聖樹《せいじゅ》を枯らされた恨みが追加された。

「やはりオーガと連携を取ろうとしていたか、我らの鼻を見くびるなよ」

アスモナディアは、ビーストの猟犬部隊に、オーガ国との国境付近で捕捉された。

なぜそのような場所にいるのか……。

「犬コロは、鼻はいいが頭は悪いらしい。オークとオーガを間違えるとはな」

「なにぃ？」

「私はオークの国に向かっているだけだ。なぜオーガが出てくる？」

「このアホデーモンが、オーガの国に近づいたことすらわかっていないのか⁉」

「なんと、この私ともあろう者が、道を間違えたか」

そう、アスモナディアは道を間違えたのだ！

「ふざけるなぁ！」

「ハハハハハ」

間違える訳がない。

『黒雷』のアスモナディアが、道を間違えるはずなどない。

アスモナディアは狡猾《こうかつ》なデーモンだ。

わかった上で、オーガの国に立ち寄り、情報収集をしようとしたのだ。

デーモンはドラゴンによって四年間、ほぼ国外からの情報がシャットアウトされていた。

ゆえにアスモナディアは、今の世について、ほとんど何も知らない。

だから、まず情報が必要だと考えたのだ。

しかし、情報収集のためにヒューマンやビーストの国に立ち寄ろうとはしなかった。

デーモンにとって、信頼に足る情報を持っているのは、変わらずオーガかサキュバスだけなのだ。

「犬コロ相手だ。ふざけてやるぐらいが丁度よかろうが」

嘘を認めた。

だが、情報収集はアスモナディアにとって必要なことだ。

無知のデーモンに価値は無い。

オークの妻となるのであっても、それは変わらない。

たとえオークがそんなものを求めていなくとも、デーモンには理想の妻像というものがあるのだ。

才色兼備、夫の覇道を陰陽問わず支えるのが、最高のデーモン妻というものだ。

オークは嘘が吐けない。

ならば、結婚した後、アスモナディアが嘘やごまかしについて、全て行わなければならないだろう。

オークの妻になったデーモンなど、今まで一人たりともいなかったがゆえ、オークの妻に嘘やごまかしが必要かはわからないが、それでも模索し、準備し、最善を尽くすのがデーモンというものだ。いざという時に何も知らぬ、何もわからぬでは、デーモンとして失格である。

それがアスモナディアの考えだ。

だから、アスモナディアは引かない。道を間違えたと言いつつ、道を戻ろうとする素振りすら見せない。

「この場で始末してくれる！」

「かかってくるか？　この『黒雷』のアスモナディアに。その程度の手勢で！」

アスモナディアの包囲網が狭まっていく。

アスモナディアの手に武器はない。

対するはビースト国猟犬兵団二十名。

関所にいた五人より多く、しかもビーストの名だたる遊撃部隊として数々の任務をこなしてきた精鋭揃《ぞろ》い。たった一人に対して動かすには大仰だが、デーモンの将を討てるとなれば、この倍の数を出しても大げさではない。

それだけ、デーモンの将を討ち取るというのは、困難だったのだ。

そして、丸腰のアスモナディア相手に二十人……ギリギリであろう。

「素手で粋がるな！　ガルルルルゥ！」

「犬コロのなんと愚かなことよ！　道に迷っただけの憐《あわ》れな女を大勢で取り囲むとは、いいだろう、いいだろう！　『オーク英雄』の妻として、その名に恥じぬ戦いを魅せようではないか！」

そして、互いの緊張が最高潮に達する。

アスモナディアの両腕に黒き紫電がまとわれ、猟犬たちが剣を抜く。

猟犬たちの両足に力が入り、アスモナディアの両頰が吊《つ》り上《あ》がる。

「ちょっとまった！」

互いに動き始める寸前、声が上がった。

待てと言われて待てるのが良いビースト。

猟犬兵団は、見知らぬ闖入《ちんにゅう》者に視線を向ける。

無論、耳はアスモナディアに向けたまま、鼻は魔力の匂いを感知しつつ、アスモナディアの奇襲に備える。

立っていたのは、一人のオーガの少年だった。

身の丈に不釣り合いな大きな木刀を手に、汗だくで肩で息をしながら、立っていた。

「いかにデーモンといえど、迷い込んだだけの女一人にこの人数、ビーストは恥を知らないのか！」

「何者だ⁉」

猟犬の誰何《すいか》に、少年は答える。

「俺はオーガ族の大闘士ルラルラの息子ルド！」

「っ！　ルラルラのっ⁉　お、オーガがなぜこんな所にいる！」

「いてわるいか！　ここはもうオーガの国内だ！」

そう言われ、猟犬たちは鼻を鳴らした。

領域侵犯は、戦勝国であるビーストであっても、問題になる行為だ。

まして軍事行動となれば、なおさらである。

見られた相手がそこらの木っ端《こば》ならまだしも、少年は大闘士ルラルラの息子を名乗った。

猟犬たちから見れば、オーガのお偉方の息子ということになる。

この場で始末するのははばかられる相手だ。

始末すること自体は恐らく可能だろうが、隠ぺい工作の準備は何一つしていない。

「我らには沙汰が下ろうが、このデーモンは貴様に関係あるまい、見逃せ！」

それでも、引き下がらずに討っておきたいと考えるのは、彼らが歴戦の戦士《ウォーリア》だからだ。

デーモンの将は、仕留められる時に仕留めなければ、後に災いをもたらすのだ。

「そうはいかん！　そのデーモンは言った、『オーク英雄』の妻になると！　オレは『オーク英雄』バッシュ殿の弟子であり、我が妹ルカは『オーク英雄』バッシュの許嫁《いいなずけ》である。『オーク英雄』の妻となれば身内も同然！　無関係だと素通りできん！」

ビーストは終戦間際《まぎわ》、オーガとの激しいぶつかり合いをしていた。

大闘士ルラルラ。

ビーストの猛者《もさ》を何人も仕留めた、オーガの先鋒《せんぽう》だ。その名を知らぬ者はいない。

そんな大闘士ルラルラの息子にして、『オーク英雄』バッシュの弟子。

その凄《すさ》まじい肩書は、猟犬たちを怯《おび》えさせるに十分だった。

ビーストは終戦間際に、そこまでオークとぶつかり合いはしなかった。

だが、噂《うわさ》は知っている。

滅びかけの劣勢の中、『豚殺しのヒューストン』以外のヒューマンの将を全て討ち取り、かのエルフの大魔導サンダーソニアと相打ち、なお生還し、包囲していたはずの二種族を震え上がらせたという噂は。

そして、約一年前、イヌエラの結婚式においても完璧な服装で現れ、勇者レトの名誉を守った。聖樹が枯れた事件においても、ビーストのために戦ってくれたという話もある。

わだかまりが解けただけでなく、少しばかりの恩もある。

そんな『オーク英雄』の弟子。

とんでもないビッグネームであった。

猟犬兵団の長は、クッと歯噛《はが》みした。

「……」

邪魔するルドを殺し、自分が責任を取る、という形にしても良い。

だが、そんなビッグネーム二人を相手に、たった二十人で勝てるものか。

アスモナディアを討ち取れず全滅し、領域侵犯の罪と、恩知らずの汚名だけが残るとなれば……。

「ここまでか……撤退する」

「領域侵犯は、見なかったことにしておく」

「……かたじけない」

引くより他なかった。

かくして、アスモナディアはオーガの国にて、一人の少年と出会った。

バッシュが作った縁が、二人を引き合わせたのだった。

■

数刻後、アスモナディアは、オーガの国にいた。

オーガの国に三つある町の一つ、マルガロンという町だ。

七種族連合の強豪国であったデーモン、オーガ、サキュバスの三国の中でも、オーガは最も締め付けが緩く、現状の七種族連合の中で最も栄えている種族だ。

とはいえ、敗戦国に変わりはない。

三つあるうちの、最も国境に近いマルガロンは、決して栄えているとは言い難《がた》かった。

ボロボロの家に、疲れ果てた表情のオーガたち。

かつて力強さと豪快さを併せ持った種族が、今や暗い顔で通りの端を歩いている。

どこも同じだな、とアスモナディアは思う。

そんな町のハズレにある一軒の家に、アスモナディアは招かれていた。

ルドとルカの家である。

「さて、まずは礼を言おう、大闘士ルラルラの息子ルドよ」

オーガ文化では、椅子は使わない。

地面の上に板を張り、毛織物《けおりもの》を敷いて、その上にクッションを置いて座る。

かつては地面の上に獣の革か何かを敷いて座る、現在のオークと似たようなスタイルであったが、長い戦争においてビーストと長く戦ってきたオーガは、その文化をいつしか吸収し、今に至ったとされている。

アスモナディアはそれに倣《なら》い、クッションの上にあぐらをかいて座っていた。

「あの程度の連中であれば蹴散らすのは容易であったが、私は旅の身だ。ビーストに追いかけまわされるのも、都合が悪くはあった」

「いえ、それよりあなた……いや、お前」

ルドはそんなアスモナディアを睨みつける。

「師匠の妻と言ったよな?」

「そういうお前は、『オーク英雄』の弟子を名乗ったな」

互いが互いの言葉から、訝《いぶか》しさを含めたニュアンスを読み取っていた。

場合によっては訝しさを怒りへと変え、相手を糾弾し、時に決闘も辞さない。

そんな気迫を、両者は持っていた。

「ルドよ。『オーク英雄』は、そこらの戦士ではない。オーク族の全てから認められた、最強の戦士だ。その弟子を詐称すれば、オークという種そのものから恨まれ、殺されるぞ？」

「デーモンがオークの妻を名乗るのはどうなんだ？　デーモンは誇り高い種族だ。オークに犯されたなんて噂が立っただけで、お前はデーモンの面汚《つらよご》しとして末代までの恥になるんじゃないのか？」

牽制《けんせい》のような言葉の応酬。

「俺は確かに師匠がどれだけ凄《すご》い人か知らずに弟子入りを志願した。身の程知らずだったってことは自覚してる。けど師匠は俺を弟子にとってくれた。俺はそれに恥じないように、毎日師匠に教えられたことを繰り返すだけだ」

「私は、ドラゴンの炎に焼かれ死にかけていた所を救われた。『オーク英雄』はドラゴンを倒す代わりに私を妻にと願い、我が父シーケンスはそれに了承した。そしてデーモンとて、本当に強く恰好《かっこう》のいい男であれば惚《ほ》れもする。たとえオークであってもな」

息が抜けた。

二人は互いの真意を確かめ合い、頷《うなず》いた。

『オーク英雄』バッシュ。

かの者に多大な恩を持つ二人は、お互いが下らぬ嘘《うそ》を吐《つ》いているわけでないと知り、緊張を緩めたのだ。

そう、アスモナディアも多少の緊張はしていた。

アスモナディアが嘘を吐いていた場合、ルドにそれを咎《とが》めるだけの力は無いが、それでも、一人の人間が全身全霊を賭《と》して戦いを挑めば、何かが起こる可能性はあるのだから。

「フフ」

アスモナディアは相好を崩し、ルドの脇を見た。

そこには、変わらず険しい顔をしている少女——ルドの妹、ルカの姿があった。

「ドラゴン殺しの『オーク英雄』ともなれば、私以外の妻の一人や二人いて当然と思っていたが、お前のような幼子にまで手を出しているとはな」

ルカはその言葉に、ムッと眉根を寄せた。

「私はまだ、手出しはされてません。大人になったらという約束です」

「おお、それは失礼した。唾を付けられただけだったか」

まるで自分の方が一歩先んじているとでも言わんばかりの挑戦的な笑み。

実際の所、アスモナディアは唾すら付けられていないのであるが、彼女の認識ではすでに勝者だ。

なぜなら自分は、ドラゴンという強大な敵を倒してまで手に入れようとされた存在だからだ。

「やれやれ、この調子では何人妻がいるのやら……」

「わかりませんが、敵だった方にもプロポーズしていましたので……相応にいらっしゃるのでは？」

「オークだから仕方ない、か……お前は、なぜ『オーク英雄』の許嫁になった？　ルラルラの娘なら、オークになど嫁がずとも相手は他にいるだろう」

「私は、母の仇討《かたきう》ちを手伝っていただく代わりに、妻になると」

アスモナディアはそれを聞き、つまらなそうに鼻を鳴らした。

「はん、なるほどな。そういう事ならば、もう必要なかろう。『オーク英雄』には、私から言っておこう。オーガの女は身を引いたとな」

「それは困ります。だって……私も……」

しかし、ルカの逡巡《しゅんじゅん》を見て、片眉を上げた。

おやおや、どうやらこの少女は、一端《いっぱし》に『オーク英雄』を好いているようだぞ、と。

「ふむ、まぁそうか。オークとはいえ、我ら上位種族が惚れるに値する男だ。さもあらん。そんな男が各国を旅したのだ。奴《やつ》が国に戻る時は、その名、その称号に相応《ふさわ》しい女が、相応しいだけの数いることだろう。お前も精進せねばならんぞ」

デーモン的には、数ある嫁の一人などプライドが許さない所だが、アスモナディアはその中で一番になる自信があった。

いや、今まさに、自分が一番だと確信していた。

なぜなら彼女はデーモンだからだ。

「ん？」

そんなアスモナディアは、ふと先ほどの発言の中に、妙な言葉が交じっていたことを思い出した。

「……まて、母の仇？　ルラルラか？　ルラルラが死んだのか？」

「はい。サキュバスの国を襲った、名も無き剣士に」

「名も無き剣士？　どんな奴だ？」

「顔が焼けただれたヒューマンの女剣士です」

「……ああ」

ルラルラを打倒しうる、顔が焼けただれた、名も無きヒューマンの女剣士。

それに該当する人物を、アスモナディアは一人、知っていた。

アスモナディアは、ルラルラを倒したのは彼女であると決めつけた。

「まぁ、あいつと戦ったなら、立派な最期だったろう」

「お知り合いなのですか?」

「一時期、デーモンが保護し、かくまっていたからな。終戦後姿を見かけんと思っていたが、そうか、ルラルラを殺し……『オーク英雄』と……」

なるほどなとアスモナディアは頷く。

ほんの少しオーガの兄妹《きょうだい》と会話しただけで、色々なものが見えてくるものだとほくそ笑む。

「ちなみに、『オーク英雄』はその仇討ちには成功したのか?」

「いえ、引き分けました。そもそも女剣士は、サキュバスの国で何かやることがあったみたいで……」

「ほう、詳しく聞かせろ」

「えっと、私も全てを知っているわけではないのですが……」

語りだすルカから、アスモナディアはサキュバスの国での出来事の情報を吸い取っていく。

(ふむ、あの女、随分見ないと思っていたが、ポプラティカの配下に成り下がっていたか)

そして、そうした結論に行き着いた。

（ふむ）

どうやら目の前の二人は、仇討ちのために各国を渡り歩いたからか、年齢の割に、各国の情勢について詳しいようだ。

ならばとアスモナディアは表情を明るくし、相手の警戒心を解くように、にこやかに提案する。

「さて、ルカよ。お前は私と同様、『オーク英雄』の妻だが、年齢ゆえにその立場は低かろう。一つ頼みを聞いてくれれば、同じ妻として便宜を図ろうではないか」

「それは、聞かなければ結婚後の生活で、私を蔑《ないがし》ろにするということですか？」

「まさか。こんな所で偶然にも同じ立場の女と出会ったのだ、仲良くするための口実だよ。なに、頼みも大した事ではない。デーモンはこの数年、雪とドラゴンに閉じ込められていてな、世間に疎《うと》いのだ。この数年の出来事を、できる限り教えてくれないか？」

「それぐらいでしたら……」

こうして、アスモナディアは己の目的を達成する。

彼女の見立て通り、ルドとルカは、オーガの中でもそれなりに世間に詳しかった。

オーガだが、ヒューマンとのハーフ、しかも子供ということで、各国の者たちも警戒心が薄かったのだろう。少しではあるが、本来なら知りえない情報も持っていた。

各国の首脳部の思惑まで知っているわけではないが、アスモナディアはデーモンだ。最も賢き種族である彼女は、二人の会話を聞いただけで、それとなく現在の世界情勢についてアタリを付けていた。

(結局のところ、各国はまだ自国が抱えた問題を消化しきれていないらしいな)

ならば、七種族連合の各種族が復興する目もあるというものだ。

ヒューマンはどこまで行ってもヒューマンだ。

あらゆる種族の中で最も貧弱ながら、最も戦いを求める種族。

彼らは、いずれヒューマン同士で争い始めるだろう。

あるいは次の標的はエルフかドワーフかもしれないが……ヒューマンは狡猾《こうかつ》でもある。同時進行で七種族連合も潰してはいくだろう。

だが、まだ猶予はある。

「『オーク英雄』はいずれオークキングになるだろう。奴はそれだけの器だ。奴がキングになった上で私が補佐すれば、オークは滅亡を免《まぬが》れることができる」

「はぁ……?」

「逆に言えば、我々が手を貸さねば、オークは滅ぶ。なにせオークは頭が悪いからな。今の情勢についていけまい」

「バッシュ様は頭悪くありません」

「いいや、『オーク英雄』とてオークだ。思慮深く、優しく、頼もしく、力強くとも、知恵は無い。そういうものだ。ゆえに補佐せねばならんのだ。妻として、夫の国が亡《ほろ》ぶのを見過ごすわけにはいかんからな。逆に、私たちがどれだけオークに貢献したかで、今後の各種族とオークの関係も決まるだろう」

「……そこまで、考えているんですね？」

「当たり前だ。王の妻になるということは、そういうことだ」

バッシュにはオークキングになる予定など無いので、当たり前ではないのである。

しかし、ルカにそんなことはわからない。

ルカの目は、いつしかキラキラと輝いていた。

バッシュと婚約し、いずれ自分はバッシュの下に嫁ぐことはわかっていたが、その後の生活については靄《もや》がかかっているように感じていたのだが、アスモナディアの言葉で、大きく開けた気がしたのだ。

開けた先に見えているものは、バッシュが想像もしていないような光景であったが。

「私、ちょっと甘い考えだったかもしれません」

「お前の年齢なら仕方ないことだ。だが、お前は今考え直した。ならば問題なかろう。どうだ。一緒にオークの国へ行くか？」

「いいんでしょうか？」

「構わんだろう。我らは『オーク英雄』の妻なのだから」

いいわけが無いのである。

デーモンとオーガは交流を禁じられているし、揃《そろ》ってオークの政治に介入するなら、それはもうヒューマンとエルフの怒りが怒髪天である。

「ルド、お前も来い。『オーク英雄』ほどではないが、私も一角《ひとかど》の武人のつもりだ。稽古ぐらいはつけてやる」

「いいのか……？」

「お前の妹が『オーク英雄』と婚約しているとなれば、お前は身内だ。強くしてやる。それに、弟子が弱者とあっては、『オーク英雄』の名に傷も付こう」

ルドは、まだバッシュに言われた通り、体力作りを続けているだけだ。

独自に剣を振ってはいるものの、そろそろ誰かに何かを教わりたい時期ではあった。

時機を見てオーガの剣豪を当たるつもりではあったが、アスモナディアに師事できるのであれば、願ってもない。

「よろしく頼みます」

こうして、アスモナディアとオーガ兄妹の旅が始まった。

■

アスモナディアの訓練は、旅に出てすぐに始まった。

「顎を引け、剣はまっすぐに構えろ。『オーク英雄』の構えとは違うが、弟子だからと闇雲に真似《まね》をしようと考えるな」

「お前が知るべきは基本だ。安心しろ。お前は筋がいい。剣の振り方は雑魚《ざこ》そのものだが、足腰がよく鍛えられている。『オーク英雄』の教えの賜物《たまもの》だろうな」

「……はい！」

「オーガにはオーガのやり方もあろう。だがまずは基礎を学べ。そしてそこに己の得意なものを足していけばいい。剣か、魔法か、はたまた拳か。己が強くなるヴィジョンは己の中にしかない。常に自分に何を足せば強くなるか考えろ。そして実戦で試せ。そうして強くなれば、誰もがお前を『オーク英雄』の弟子だと認めるだろう。たとえその戦い方が、オークから大きく離れたものであってもだ」

アスモナディアの教えは、バッシュとは別の意味でスパルタであった。

思考を止めず、常に考えろ。

訓練の内容に意味を持たせ、自分のやっていることの意味を考えさせる。

無意味なことはさせない。

身体を動かすときにこそ、頭をフル回転させる。

そして、その後はバッシュと同じだ。

ぶっ倒れるまで訓練をさせられる。

「よし、いい感じにほぐれてきたな。今日はあの魔獣を斬ってみろ」

基本的にはアスモナディアが相手をしつつ、時としてそこらにいた魔獣と戦わされた。

今まであれば、生息域すら避けて通ってきたような魔獣だ。

その日に選ばれたのはコカトリスと呼ばれる魔獣で、雄鶏《おんどり》の身体と蛇の尾を持ち、強い毒と熱線の魔法を使う。魔獣の中では決して大きい方ではないが、それでもルドより一回りは大きく俊敏で、危険な相手だ。

「はぁ……はぁ……」

アスモナディアとバッシュの訓練との違いは色々ある。

だが最も明確なのは、アスモナディアの訓練では、ルドの中で技術的なものがめきめきと上達していったところだろう。

決してバッシュの教え方がヘタだったというわけではない。

バッシュに課せられた訓練のおかげで、アスモナディアの訓練に耐えうる土台ができていたのだ。

「うむ。悪くないな。流石《さすが》はルラルラの息子といった所か」

しばらく後、ルドの目の前に、一つの死体ができあがった。

コカトリスは尾と首を切り落とされ、絶命していた。

対するルドは、身体中が火傷《やけど》だらけであった。満身創痍《そうい》ではあるものの、毒だけは受けていない。

致命的な攻撃を避けつつ、長期戦に持ち込んで相手と体力勝負をし、見事に倒しきったのだ。

「コカトリスをやれるなら、大半の魔獣はやれるな」

アスモナディアは、この結果に満足していた。

コカトリスは強力な魔獣だ。

強靱《きょうじん》な足腰、俊敏な動きに加え、毒と熱線、パワーとスピード、搦《から》め手、遠隔攻撃。隙は少なく、そこらの魔獣すら避けるような存在だ。

アスモナディアは顎に手を当て考え、よしと手を打つ。

「やはり獣ではなく、人を相手にすべきか。よし、オークの国に着くまで人里は避けるつもりだったが、道中で戦士《ウォーリア》を見つけ、戦いを挑んでいこうではないか」

魔獣ではなく人を襲う。

そんな物騒なアイデアに、流石のルドも声を上げた。

「あの、そんなことをして問題になりませんか？」

しかし、そんなルドをアスモナディアは鼻で笑った。

「馬鹿者め。命のやりとりをするわけでもないのに問題になるわけがなかろう。お前はまだ若いからわからんだろうが、どの国にも武人はいる。子供に稽古を頼まれて、嫌とは言えん武人がな」

なんならオークの国に行ってもいくらでもいるのである。

だが、アスモナディアは、オークの国に到着するまでにルドをある程度モノにしたいと考えていた。

アスモナディアはデーモンだ。オークについてそれなりに詳しい。

バッシュは別格の存在だと考えているが、オークの国にいる有象無象は愚かな連中だ。

腕っぷしの強さでしか人の価値を計れない種族である。

そんな場所に、バッシュの弟子を名乗る少年が現れたらどうなるか。

挑まれるだろう。勝負を。

『オーク英雄の弟子』という存在に、他のオーク共が黙っているとは思えない。

その価値があるのかと、腕試しを要求されるだろう。

強ければいい。全員を倒せれば、それでいい。

あるいは、そこそこの戦士を打ち倒し、そこそこの猛者《もさ》と良《い》い勝負をした後に負けるなら、まだ大丈夫だ。

しかし、オークの国でも舐《な》められているような下級戦士に負けたなら、ルドはその場で殺されるだろう。

お前ごときがオーク英雄の弟子を名乗るなど許さない、と。

そうなれば、彼をつれてきたアスモナディアや、妹であるルカの株も下がる。

それに関してはアスモナディアが少し暴れれば事足りる話であるが……彼女としては、バッシュの株が落ちる可能性を心配していた。

指導者としての適性が無いとみられる可能性もある。

アスモナディアはバッシュがいずれオークキングになると見ているが、指導者として未熟だと思われれば、従わぬ者が出てくるかもしれない。クーデターだ。

もちろん考えすぎである。

でもアスモナディア的には、バッシュがオークという種族内から少しでも馬鹿にされるのが、我慢ならなかった。

懸念《けねん》材料は徹底的に潰すのが彼女のやり方だ。

「あの、アスモナディア様」

「私のことは義姉上《あね》と言え。お前たちは身内だからな」

声を上げたルカに、アスモナディアは優しく諭すように、そう促した。

「あ、はい。義姉上……あの、デーモンはゲディグズ様を復活させて、そちらに付くと思っていたのですが」

ゲディグズ復活。

その情報は、この道中で得られたものであった。

ミストランドでの争い、ポプラティカの暗躍、まことしやかに流れる噂《うわさ》……。

それを統合したアスモナディアは、ポプラティカの目的が『ゲディグズの復活』であり、その後に戦争を引き起こし、現状をひっくり返すことであるとアタリを付けていた。

「姉上や父上がどう考えているかなど知らん。私は『オーク英雄』の方に従う。ただ……」

「ただ？」

「どちらに付くかについてアドバイスを求められたなら、デーモンの大半が付いている方とは逆に付くことを勧めるだろうな……ま、デーモンはゲディグズ様を未《いま》だに崇拝しているがゆえ、ヒューマン側になるだろう」

「なぜ？」

「ヒューマンが勝った場合、私は『オーク英雄の妻』という立場から、デーモンを存続させるための懇願ができる。姉上らが勝った場合、私の存在をもってオーク存続の懇願ができる。懇願の結果どう転ぶかはわからんが、両方の種を存続させるために動ける立場にいるのは私だけだ。なら、そうするさ」

淡々と、当たり前のように話すアスモナディアに、ルカの瞳が輝いていく。

ルドもそれを聞きながら、考え込むように顎を撫《な》でた。

「俺も……それぐらい考えていた方がいいんでしょうか？」

「ああ、考えろ。オーガは賢い種族だ。知恵を忘れては上位種族とは言えん。だが、今はそこに頭を回している余裕はない」

アスモナディアはそう切って捨て、まずは強くなるべきだとたきつける。

「さて、武者修行とは言ったが、どこに寄るべきか……ビーストはまずいな。リザードマンはいいが、少し遠い。ハーピーとフェアリーは訓練にならん……エルフとヒューマンはいかんな、奴《やつ》らは狡猾《こうかつ》だ。うっかり殺されるかもしれん。となれば、ドワーフか。道中にドバンガ孔《こう》があったな」

その言葉に、ルドが嬉《うれ》しそうな声を上げた。

「そういえば、師匠は道中でドバンガ孔に寄ったと言ってました。武神具祭で並み居る強敵を打ち倒して、優勝をかっさらったとか。流石ですよね」

優勝はしていないのであるが、彼にこの情報をもたらしたのはゼルであるため、何の不思議もない。

ゼルの中では優勝したことになっている。

フェアリーには歴史を捻《ね》じ曲《ま》げる力があるのだ。

「優勝など当たり前だ。『オーク英雄』に一対一で勝てる輩《やから》などいるものか。単騎でドラゴンを打倒する男だぞ？　むしろ大人げない。赤子の喧嘩《けんか》に大人が交じるようなものであろうが……」

アスモナディアはそこまで口にして、首をかしげた。

「うむ？　むしろ『オーク英雄』ほどの戦士がそんな大会に出るのはおかしいな。何か理由があったのやもしれん」

アスモナディアはその理由について考えを巡らせる。

しかし思い至らない。バッシュが奴隷のオークを解放するために戦った、という情報を知らないからだ。

フェアリーが情報を発する時、そこには重要な何かが欠落しているものだ。

まぁ、奴隷オークを解放するために戦ったというのも、真実ではないのだが……。

「まてよ、武神具祭と言えば、優勝者は望むものを得られると聞く。ならばオークが求めるものは自明か」

オークが戦いの末に手に入れたいと願うもの。

それは、女に他ならない。

名誉のために戦うバッシュであっても、いざ女を抱けるタイミングがあったなら抱くだろう。そう、アスモナディアがそのようにして手に入れられたように。

「ドバンガ孔には、『オーク英雄』の他の妻もいるやもしれん。ついでにそいつも探してみるか。可能かはわからんが、武器の調達もしたい」

「わかりました」

アスモナディアはそう決定し、ドバンガ孔への道を行くことにした。

■

アスモナディアの来訪で、ドバンガ孔は騒然となった。

なにせこの数年、煙のように表舞台から姿を消していたデーモンが、いきなり訪問してきたからだ。

それも、デーモンの重鎮シーケンスの娘の一人、『黒雷』のアスモナディア。

大物だ。

ドワーフでその名を知らぬ者はいないだろう。

なにせ、かつての名工ガバラバンガの名声を地に落とした人物だ。

その魔法は盾を貫き、鎧《よろい》に穴を開ける。

ドワーフ自慢の武具を、その着用者ごと、あっさりと亡《な》き者にするのだ。

バッシュが入国した時と比較にならないほど、警戒された。

「それで、かの有名なデーモンの武人が、このドバンガ孔に、いかなご用件かな？」

アスモナディアと他二名はドワーフの会議所へと連れていかれ、そこで説明を要求された。

アスモナディアはそれに逆らうことなく、堂々と言い放った。

「なに、『オーク英雄』の弟子が武者修行をしたいというのでな。ここには闘技場もあるらしく、貴様らドワーフは精強だ。丁度いいと思って連れてきたのだ」

『オーク英雄』の弟子。

そう言われ、視線が向くのはオーガの少年ルドである。

こんなガキの相手を、とドワーフなら思う所であるが、『オーク英雄』の弟子となれば話は別だ。そのような人物の武者修行の相手として選ばれたことを、誇りにすら思う。

だが、それもバッシュがこの場にいればの話だ。

「バッシュ殿の弟子がここで修行したいというのなら、それは理解できる。だが、デーモンである貴様がなぜここにいる？」

「その説明が必要か？　必要だろうな。私は『オーク英雄』の妻となった。ゆえにオークの国で暮らそうと思ってな。妻が夫の国で暮らすのは、何の不思議もないだろう？」

「……？」

デーモンがオークの妻になる。

わけのわからない戯言《たわごと》が飛び出て、ドワーフたちの警戒度が高まった。

デーモンは時に難しい言葉で相手を惑わせる。

「むぅ……」

バラバラドバンガの留守中、ドバンガ孔を預かるドバンガの子の一人アラアラドバンガは、まさにその真意をつかみかねていた。

デーモンが『オーク英雄』の妻になった。

迂遠《うえん》な表現であるとすれば、アラアラにはちょっと難しすぎた。

「どういう意味だ？」

「言葉通りの意味だ」

「デーモンが……？　にわかには信じられんが……」

迂遠でないとするなら、嘘《うそ》の類《たぐい》であろう。

そんな嘘を信じる者など、ドワーフには皆無であった。

……と、言いたい所だが、ほんの一年ほど前、ドバンガ孔に訪れたバッシュという存在は、ドワーフたちの記憶にまざまざと残っている。武神具祭にて華々しく戦い、バラバラドバンガを下し、決勝で本物のオークの決闘を見せた。オークは闘技場の見世物などに使うべきではないと、周囲に知らしめてみせた。

その記憶は鮮烈で、未だに酒場で語り草になるほどである。

それだけではない。ふらりと立ち寄ったはぐれオークが、その話を聞いた途端、改心して国に戻るほどである。

女を見て舌なめずりをしつつ、下卑た表情で卑猥《ひわい》な言葉を投げかけていたオークが、バッシュの名前と、その武勇伝を話しただけで、神妙な顔になって踵《きびす》を返《かえ》すのだ。

いかにドワーフが鈍感な種族といえども、『オーク英雄』バッシュの存在がいかに大きいかはわかろうものだ。

『バッシュがデーモンの国まで赴き、デーモンの娘を嫁に貰《もら》った』

そんなおとぎ話をさもありなんと受け取られるほどに、バッシュという存在は強烈だったのだ。

「私とて相手が『オーク英雄』でなければ、オークの妻になどならん。お前たちとてわかっていよう？　真の英雄の前には、種族など関係ないのだ」

「確かに、あれほどの戦士《ウォーリア》であればな……。風の噂では、エルフの大魔導サンダーソニアにも認められ、仇敵《きゅうてき》とされていたビーストの姫君の結婚式にも参加したという。デーモンの妻ができてもおかしくないか」

「ははは、聞いた話では、あのサンダーソニアは『オーク英雄』の求婚を断ったと聞いたぞ！　プライドの高いエルフらしい馬鹿な女だな！　が、それでも認めてはいたか！　当然だな。数年間デーモンをさんざん苦しめたドラゴンを撃退したのだ。高慢で乱暴なエルフとて、その価値ぐらいはわかろうものだ！」

「ドラゴンを……！」

ドラゴンという言葉で、ドワーフたちの顔に興味の色が湧いた。

しかしアスモナディアが詳しく語ることはない。

そこは有料なのだ。

というわけでもなく、アスモナディアもよく知らないからだ。

どうやってドラゴンを倒したかなど、知るはずもない。

アスモナディア自身が知りたいぐらいだ。今のアスモナディアなら、バッシュの腕に抱かれて、その話を恍惚《こうこつ》とした表情で聞くことだろう。

「そんなわけだ。私はデーモンだが、オークの一員でもあると思ってもらおう。さしあたって、身内がオークの中で舐《な》められないように修行をしたいのだ。ついでに、いくつか武器なども見繕いたいな」

「デーモンが国外で武器を持つことは禁じられていたはずでは？」

「条文をよく読め。国外に出る時に武装を禁じるというだけで、国外で武装を調達することを禁じてはいない。慣れた得物が無くなるのは痛手だが……ドワーフ製の武器にも興味はあった。お前たちは本当にいい武器を作るからな」

「ほ、ほーん」

武器を褒められれば、なんとなく誇らしくなってしまうのがドワーフという種族だ。

まして相手は滅多に他種族を褒めないデーモンである。

アスモナディアが武器を手にしたいがゆえに、多少のお世辞を言っている部分はあるが、しかし、それほどドワーフの武器というものは質が高いのだ。十一種族全ての武器を見比べれば、デーモンかドワーフのどちらかが最高だと意見が分かれるほどに。

魔法武器に関してはデーモンに軍配が上がるが、武器そのものの質の高さはドワーフの方が上、といったところか。

「どうだ？　私にも一本、打ってはくれないものか？」

そんなライバルであるデーモンに武器を所望される。

ドワーフとしては、表面上は難しい顔をしつつも内心ではニヤけ、「ま、しょうがないなぁ」と言いたくなるような状況である。

だが、いくらドワーフが鈍感とはいっても、馬鹿ではない。

目の前の狡猾《こうかつ》なデーモンが、国外で武器を手にするのを援助することの危険性も脳裏をよぎる。

何か問題が起きて責任問題となれば、その責任はドワーフ全体に及ぶかもしれない。

ヒューマンやエルフに糾弾される可能性も出てこよう。

「ドワーフ製の武器を持つ許可は出そう。だが、デーモンに武器を打ちたいと言う奴《やつ》が、はたしておるかどうか……」

その場にいたドワーフの重鎮は、厳かにそう答える。

ドワーフは実直で剛毅《ごうき》と見せかけて、実際は保守的なのか。

確かに保守的な部分はある。

だが同時に、強者に武器を打ちたいという欲も持ち合わせている。

なにせ、打つ相手はあのアスモナディアだ。

ドワーフの防具を引き裂いてきたこの女がドワーフの武器を持つ。一体どうなっちまうんだ、最強の戦士が誕生しちゃうんじゃないか、と期待で胸がドキドキワクワク。

ドワーフたちは顔を見合わせる。

いや、儂《わし》も別にやりたくないんじゃが？　貴様らがやらんというなら、まぁ儂がやってもいいかな。

この女は見るからにガンコそうだし、ここで誰かが打たんと帰らんじゃろ？

なんて感じで顔色を窺《うかが》い、牽制《けんせい》しあっていると、その中の一人が立ち上がった。

「あんたらに打つ気が無いなら、あたしが打つよ！」

立ち上がったのは、末席に座っていた一人の若い女だった。

ドワーフにしては、少々顔立ちが違う。

ヒューマンとのハーフ。

「お前は？」

「あたしはプリメラ、いずれバッシュの武器を打つ女だ。バッシュには世話になったからね。その身内って言うんなら、あたしがやるさ！」

「ほう？　大きな口を叩《たた》くな。あの『オーク英雄』の武器を打つとは、身の程知らずだとは思わないのか？」

「思うさ。けど約束もしたんだ。今の剣が折れたら、武器を打ってほしいってね」

少しだけ恥ずかしげ、しかし自信満々にそう言い放ったプリメラに、アスモナディアはニタリと笑った。

「ククッ、そういうことか……なるほどな。『オーク英雄』め、なかなかにメンクイじゃないか」

そう言うと、プリメラの頬に朱が差した。

「なんだよ。文句あるのかよ？」

「ないさ。ならばお前に頼もう」

プリメラはそして誤魔化すように、周囲を見渡す。

「兄さんやじいさんたちは反対みたいだけど、あたしぐらい未熟な奴が打つなら、文句も無いだろ？」

プリメラのその言葉に、他のドワーフたちは「実は自分が打ちたかった」などと言い出せるはずもない。

まぁ、デーモンには未熟モンの打つ武器がお似合いじゃし？　と小さくなっていく。

「では、お前に頼もう。このアスモナディアの武器を打てることを光栄に思うがいい」

「デーモンらしい返答をどうも」

こうして、アスモナディアとプリメラは出会った。

■

数刻後、アスモナディアたちは、プリメラの工房へと足を踏み入れていた。

「ふむ、小さいが、なかなかいい工房ではないか」

「デーモンに工房の何がわかるんだよ」

「わかるさ。こう見えて、私も鍛冶ができる」

「高貴な生まれのデーモンのお嬢様が？」

「ああ、ハイデーモンのお嬢様はあらゆることができなければいけない。鍛冶もその一つだ。自分の武具は自分で修理できねば、継戦能力が保てんからな」

じゃあ自分で打てばいいんじゃないか。

そう言おうとしたが、プリメラは口をつぐんだ。

プリメラとて鍛冶師のはしくれだ。炉や道具、材料がなければ何も作れないことぐらい知っている。それに、もしそう口にして、勝手に工房を使われるのもはばかられた。

さらに言えば、プリメラは修行中の身だ。

デーモン鍛冶。

金属を叩き、素材から魔法的な要素を取り出すドワーフのそれとは一風変わった様式の鍛冶。

武具に魔紋を刻み、魔法を込めるそれは、ドワーフの作った武具よりも、極めて強力な魔力を持つ。

ドワーフは素材の持つ魔力を生かすが、デーモンは後付けで魔力を付与する。

ドワーフに言わせれば邪道であるが……長年四種族同盟を苦しめてきた代物であるのは事実だ。

プリメラもこの一年、自分なりに研鑽《けんさん》してきたつもりだ。

かつての武神具祭の頃より、ずっといい武具を打てるようになった。

だが、バッシュの武具となれば、やはり力不足であろう。

このままドワーフの技術を磨いていくのは当然だが、何か一つ、工夫が必要だと考えていた。

「ククク」

そして、悪魔はそれを敏感に感じ取る。

「そんな物欲しそうな目で見るな。この私の武器を打つのだ。教えてやるさ。デーモンの鍛冶技術をな」

「べ、別に物欲しそうにしてなんか……ていうか、いいのかよ。そんなのホイホイ教えてさ。デーモンの鍛冶は、デーモンの秘儀だろ？」

「そうとも。門外不出だ。お前たちでは到底思いつかないような技術を使っている。が、いいさ。お前にだけは教えてやる」

「……なんで？」

「『オーク英雄』が武神具祭で優勝した。何でも欲しいものが手に入る祭りで、オークが戦いの末に優勝した。何を望むのかなど自明の理だ。そして、望まれたらしき者は、嫌がりもせず、ドワーフの慣習に従い、健気《けなげ》にも相手の武器を作ろうとしている……周囲に隠しているようだが、すでにお前は『オーク英雄』に手を付けられている。すなわち嫁として囲われた女というわけだ」

同輩だ。

ニタリと厭《いや》らしく笑うアスモナディア。彼女がドバンガ孔に訪れたのは、ルドの修行や己の武器を手に入れるためだけではない。バッシュの嫁を探しにきたのだ。

武神具祭の優勝賞品として手に入れた女。

すなわち、ドワーフの妻を。

「……いや、バッシュは優勝してないぞ」

「なに？」

しかし、その言葉で笑みが消えた。

「決勝で敗れている。だからあたしとは……その……確かに、優勝したらって約束だったけど」

「馬鹿な……あの『オーク英雄』が敗れる？　どういうことだ？」

マジかよ。ドラゴンを単騎で倒せるような奴が他にいるのか。

そんな気持ちで聞き返すが、返ってきたのは呆《あき》れた顔だった。

「噂《うわさ》を聞いてないのかい？　ったく、デーモンでも抜けてる所はあるんだな」

プリメラはそうため息をつきながら、武神具祭で起きた事の顛末《てんまつ》を語った。

バッシュが未熟なプリメラをパートナーに選んだこと、プリメラの武具は欠陥品だったが、バッシュのあまりの強さゆえ、順当に勝ち進んでしまったこと、しかし決勝では武具が破壊され、敗北したこと。

しかし、敗北したとはいえ、目的は達成したこと。

バッシュは奴隷のオークたちを解放し、今やドバンガ孔《こう》でオークを見下す者は誰一人としていないということ……。

その話は、アスモナディアだけでなく、ルドとルカも感心して聞いていた。

なにせゼルから聞いた話は、最後らへんがなんともふわっとしていたから、てっきり最後も勝ったと思っていたのだ。

「ふむ、他のオークなら偶然だろうと切って捨てる所だが……『オーク英雄』の所業と考えれば、偶然とは思えんな」

最後まで聞いたアスモナディアは、したり顔でそう言った。

もちろん偶然である。

「当たり前さ、あたしはそこに惚《ほ》れ込んだんだ。ま、玉砕したけどな」

「玉砕？」

「ああ、プロポーズしたけど、あっさり断られちまった」

「ふん、どうせドワーフの回りくどい作法に従ったプロポーズだったんだろう？」

「そんなことはない。ちゃんと一生武器を打たせて欲しいって言ったさ。ストレートにな」

「馬鹿者。それが回りくどいと言うのだ。相手はオークなのだ。はしたなく股を開き、お前の女になると宣言するぐらいしろ」

「は、はぁぁぁ⁉　そんな、股って……あ、あんたらはそうしたのかよ！」

動揺を隠せずに質問を返すプリメラに、「あ」と声を上げたのは、ずっと黙っていたルカであった。

「あ、あの、私は、そこまではしてませんけど、ちゃんと結婚したいって言いました」

ルカがそう言うと、プリメラは目を剝《む》いて幼い少女を凝視し、こんな少女でもちゃんと勇気をもって言えたのかと、肩を落とした。

アスモナディアは「どうだ、勇気がないのはお前だけだ」と言わんばかりの顔で見下ろしてくる。

プリメラはそれを見て若干のむかつきを憶《おぼ》えたが「この高慢なデーモン女も、そんな素直にプロポーズしたのか」と考えれば、流石《さすが》はバッシュだなと溜飲《りゅういん》が下がった。

実際はしていないのである。

アスモナディアは、バッシュに顔すら憶えられていないのである。

「そう肩を落とすな。お前にもまだチャンスはある。どうだ、お前も『オーク英雄』の妻にならんか？」

アスモナディアはそう言いつつ、肩を落としたプリメラに手を差し伸べる。

本来なら、バッシュ抜きでしていい話ではない。

だがこの場にバッシュがいれば、「なんて頼りになる女なんだ」と感動しただろう。

「あたしが……？」

「ハーフと言えど、お前もドバンガの子だ。ドワーフの代表として、後のオークキングの妻になれ」

プリメラは迷った顔をした。

だが、すぐに頭を振った。

「いや、あたしは約束したんだ。あいつが満足できる剣を打てるようになるって、頑張るって！」

プリメラは拳を作り、アスモナディアを睨みつける。

「だから、それまでは、そんな甘言に乗るつもりはないね！」

プリメラに睨まれ、アスモナディアはやれやれと手を上げた。

しかし、内心では、「それでこそ」とも思っていた。

そういう女こそ、バッシュの妻に相応《ふさわ》しい。

「なるほど。少し認識違いをしていたが……お前に鍛冶の秘儀を教える理由として申し分ない」

「えっ、いいのか？」

「『オーク英雄』は理知的であるがゆえ、お前に手を出さなかったようだが、本心ではもったいなかったと思っているはずだ。なにせお前は、ドワーフにしては美しいからな。夫の望みを叶《かな》えてやるのも、良き妻だ。『オーク英雄』が満足できる剣など、並大抵ではないだろうが、助力はしてやる」

アスモナディアは笑いながらそう言った。

何も言わずとも、バッシュがいいなと思った女に声を掛け、妻に勧誘していく。

バッシュにとって、最高の妻と言えるだろう。

あえて問題があるとするなら、バッシュがアスモナディアの顔はおろか、その生存すら知らないことか。

「さぁ、謹聴するがいい。我が奥義《おうぎ》、我が秘奥《ひおう》。デーモンの業《わざ》を！」

こうして、プリメラはアスモナディアよりデーモンの鍛冶を学ぶ。

ドワーフ鍛冶だけでも未熟な女が、デーモンの鍛冶まで取り入れて、はたしてまともに育つのか。

それを知る者は、この場にはいない。

だが、プリメラをよく知る者は、こう思っただろう。

決して無駄な経験にはならない、と。

「『オーク英雄』の武器が打てると確信したら、いつでもオークの国に来るがいい。その時には、『オーク英雄』は『オークキング』となっているだろうが、なに、臆することはない」

「……まぁ、心にとめておくよ」

「ククク、ハハハ、ハハハハハハ！」

デーモンの高笑いが響き渡る。

完全な勝利を手にした者の会心の笑声。

なんでいきなり笑いだしたのか、プリメラにはわからなくてちょっと怖いなと思いつつ、しかしデーモンという種族は時にこうしていきなり笑いだすので、そういうものかとスルーする。

「……」

きっと一か月も後には、プリメラは一本の斧槍《ふそう》を作り上げるだろう。

それは決して業物というわけではなかろうが、ドワーフとデーモンの技術を融合させた、まったく新しい代物であろう。

そして、そんな武器を手に入れたアスモナディアを止められるものはいまい。彼女はオークの国に赴き、その場にいるオークたちに思い知らせるだろう。彼女こそがバッシュの筆頭妻であると。

そして、オークの国に、己の帝国を築き上げるのだろう。

アスモナディアの快進撃は続くのだ。

そう考え、プリメラは呟く。

「オークの連中も今は大変だって聞いたけど、あんたが行けば大丈夫そうだな」

「大変？　まぁそうだろうな。オークは本来、馬鹿な種族だ。おおかたヒューマンに圧制を受けて困窮しているという所か、貧すれば鈍するというやつだな。しかし私が行けばその程度の交渉は――」

「いや、なんでも北の方からドラゴンが飛来して、シワナシの森の近くの山に巣を作ったらしい。で、毎日のようにオークの国に飛来して、オークを食ってるんだってさ」

「えっ」

後にプリメラとルド、ルカの三人は語る。

その瞬間、アスモナディアの青肌が、雪のように真っ白になっていった、と。

あとがき

皆様ご無沙汰しております。理不尽《りふじん》な孫《まご》の手《て》です。

まずはこの場を借りて、『オーク英雄物語《えいゆうものがたり》』第六巻を手にとってくださった皆様への謝辞を述べさせていただきます。

皆様、本当にありがとうございます。


今回は真面目に作品のことを書かせていただこうかと思います。

私の近況報告なんか聞いても、誰も面白くないでしょうからね。

それに比べて、これを読む皆様はオーク英雄物語について興味のある方々ばかり。

六巻についてつらつらと色々書いたとしても、物語の面白さが深まりはすれ、薄れることはないでしょう。

さて、今回バッシュたちは、デーモンの国へ到着します。

オーク英雄物語における最強種族デーモンです。

デーモンは作中における最強の種族という位置づけなので、設定やストーリーに困ることはありませんでした。

最強種族だったけど、戦争に負け、ドラゴンにも負け、プライドは完全に砕かれて、それでもギリギリ僅かな矜持《きょうじ》だけは残しつつ、滅びの道を進んでいる。

そこに、ドラゴンスレイヤーであるバッシュが到着する。ドラゴン倒す、デーモンの女にモテモテ！

と、設定もストーリーも王道、書くのも簡単な部類ですね。

しかしながら、少し捻《ひね》りが無いのも事実です。

そうなると、少しばかり予想を裏切りたいのが創作者の性です。

というわけで、ヒロインはドラゴンになりました。

嘘《うそ》です。実を言うと、ドラゴニュートのヒロインを出すことは1巻の時点からずっと考えていて、むしろデーモンのヒロインであるアスモナディアの方がポッと出のキャラという位置づけになります。

当初はアスモナディアという名前すら考えておらず、イラストレーターの朝凪《あさなぎ》さんに「デーモンのヒロイン、期待してます！」と言われ「そっか、読者はデーモンのヒロインを期待しているのか、ならば出さねば」と急遽《きゅうきょ》設定を固めた形ですね。

それが回り回って、ああした役どころになるのだから、創作というものは面白いものです。

私は創作において、『思いつき』というものはとても大事だと思っています。

それはプロットや、構想から大きく外れたものであることが多いため、作中にその『思いつき』を入れるかどうかはきちんと判断しなければいけませんが、大抵の『思いつき』は、「こうしたら面白いんじゃね?」という所から来ているからです。

「こうしたら面白いんじゃね?」は、常に原初の面白さをはらんでいます。

私はプロットを書く時は、必ず最初の一行目に「こうしたら面白い」や「これが面白い」というのを書いて、執筆中に迷ったらそれを見るようにしていますが、そうして悩んだり迷ったりしている中で出てくる『思いつき』は、活動状態の脳が無意識に生み出したものなので、取り扱いにさえ気を付ければ、それを入れた方が大抵の場合は面白くなるのです。もちろん、プロットの一行目に書いてある「こうしたら面白い」に沿っていたら、の話ですが。

そして、私はその思いつきをたくさん生み出すため、プロットの詳細を詰めすぎず、ある程度緩めに作っておくのです。

さて、というわけで今回もページが余ってしまいましたね。

近況報告を書かせていただこうかなと思います。

本当は近況報告など書かず、創作論などつらつらと書き連ねていきたい所なのですが、生憎《あいにく》と創作論というものは書いた所で特に意味がないのです。どうせ次の作品を書いたら、また新たな発見があったり、考え方が変わったりして、創作論も変わっていくので。

何にせよ、作家というものは、作品を書くことや、書いたものをお出しした時に初めて価値が発生するものなので、出来れば創作論ではなく、創作物で戦いたいものです。

というようなことを、私は今、太古の地球で書いています。

実は前回、悪の秘密結社に蘇《よみがえ》らせてもらった私ですが、そこで開催された地獄のトーナメントの決勝戦で、怪人同士の業がぶつかり合い、タイムスリップが起きてしまったのです。

私が飛ばされたのは遥《はる》か昔。

これがジュラ紀なのか白亜紀なのかは私にはわかりませんが、どこかで見たような恐竜がたくさんいるところを見ると、まぁ恐竜の時代なのは間違いないでしょう。

どうやら、私以外にもこの時代に飛ばされた人がいるようで、いくつか手記が見つかりましたが、英語で書いてあるので読めませんでした。今どこらへんにいるのか、合流できるのか……それだけでも知りたかったのですがね。

私は私で、なんとか生きています。こうした事には慣れているのです。

明日は、南東の方にある、巨大なピラーを見に行ってこようと思います。

あれが恐竜時代からあるものなのか、古代文明人の遺物なのかわかりませんが、元の時代に戻る手がかりが見つかるかもしれませんからね。

まぁ、今までゾンビとして生きてきて、そんな手がかりが見つかったことなど無いので、今回も期待せず、適当にゆるゆると生きていこうと思っています。


と、長くなりましたが……。

今回も素敵なイラストを描いてくださった朝凪さん、『無職転生《むしょくてんせい》』の仕事のせいで注力できず、多大なご迷惑をお掛けしております編集Kさん、その他、この本に関わってくださった全ての方々。また、なろうの方で更新を待っていてくださる読者様方。

今回も本当にありがとうございました。

私がこの恐竜時代を生き残れたら、また七巻でお会いしましょう。

理不尽な孫の手

富士見ファンタジア文庫

オーク英雄物語《えいゆうものがたり》6

忖度列伝《そんたくれつでん》

令和6年7月20日　初版発行

著者——理不尽《りふじん》な孫《まご》の手《て》

発行者——山下直久

発　行——株式会社KADOKAWA
〒102-8177
東京都千代田区富士見2-13-3
0570-002-301（ナビダイヤル）

印刷所——株式会社暁印刷

製本所——本間製本株式会社

ISBN978-4-04-075500-7 C0193 ◇◇◇

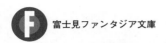

無自覚最強×ハーレム！
シリーズ
好評発売中！
妹が女騎士学園に入学したらなぜか救国の英雄になりました。ぼくが。
僕
After my sister enrolling in Girl Knights' School, I become a HERO.
author.
ラマンおいどん
ill. なたーしゃ
ファンタジア文庫

だって学園の誰より
兄さんのが
強いですから

STORY

妹を女騎士学園に送り出し、さて今日の晩ごはんはなににしよう、と考えていたら、なぜか公爵令嬢の生徒会長がやってきて、知らないうちに女王と出会い、男嫌いのはずのアマゾネスには崇められ……え？　なんでハーレム？